少年人文美文系列

少年奋斗者

成长励志卷

徐　鲁　著

中原出版传媒集团
中原传媒股份公司

大象出版社
·郑州·

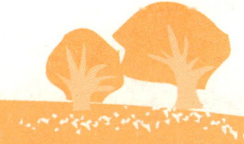

图书在版编目(CIP)数据

少年奋斗者：成长励志卷/徐鲁著.— 郑州：大象出版社,2022.4(2022.12重印)
(少年人文美文系列)
ISBN 978-7-5711-1378-0

Ⅰ.①少… Ⅱ.①徐… Ⅲ.①散文集-中国-当代 Ⅳ.①I267

中国版本图书馆CIP数据核字(2022)第043093号

少年人文美文系列

少年奋斗者　成长励志卷

SHAONIAN FENDOU ZHE　CHENGZHANG LIZHI JUAN

徐　鲁　著

出 版 人	汪林中
策划编辑	张桂枝　孟建华
项目统筹	司　雯
责任编辑	司　雯
责任校对	张迎娟　陶媛媛
装帧设计	王莉娟
责任印制	郭　锋

出版发行	大象出版社(郑州市郑东新区祥盛街27号　邮政编码450016)
	发行科　0371-63863551　总编室　0371-65597936
网　　址	www.daxiang.cn
印　　刷	河南瑞之光印刷股份有限公司
经　　销	各地新华书店经销
开　　本	890 mm×1240 mm　1/32
印　　张	9
字　　数	148千字
版　　次	2022年4月第1版　2022年12月第3次印刷
定　　价	32.00元

若发现印、装质量问题,影响阅读,请与承印厂联系调换。
印厂地址　武陟县产业集聚区东区(詹店镇)泰安路与昌平路交叉口
邮政编码 454950　　　　　电话 0371-63956290

目 录
Contents

001　记得热血少年时(代序)
　　　——致少年的你

001　小小的篝火
003　美丽的野葱花
006　"世界是他们的"
009　营盘山上的红橘子
012　指挥员的泪光
015　小小的篝火
020　一双旧草鞋
024　童年之花

027　少年奋斗者
029　孩子剧团的故事

043　新安旅行团的故事
053　杨司令和"少年战斗队"
060　火焰一样的山丹丹
068　"朱德儿童团"
074　"石榴花行动"
083　红色小歌仙
088　桃树沟的记忆
096　"监狱之花"
106　战火中的小图书馆

113　小溪奔向大海
115　小姐妹的冰靴子
124　大海上的灯火
135　少年小勇的大海
141　山里的细妹子
150　红色油纸伞

155　小溪奔向大海

162　少年壮志不言愁

173　入团的日子

177　**给少年的信**

179　将来有一天，你会乘风破浪

191　闪亮的女生

199　不要哭泣，请点起篝火

207　"梦开始的教室"

215　"硬核爷爷"是怎样炼成的

224　三十年后的重逢

230　壮哉我少年

241 **英雄出少年**
243 饮马瀚海
249 投笔从戎
255 闻鸡起舞
260 疾风劲草
266 同仇敌忾

记得热血少年时（代序）
——致少年的你

偶尔翻开一册旧日的笔记，我看见自己记下的这样一段文字：

1827年春天，一个玫瑰色的黄昏，两位浪漫的俄国少年，14岁的赫尔岑和13岁的奥加辽夫，站在莫斯科郊外的麻雀山上，面对西逝的太阳发誓，要为各自所选定的理想而奋斗到底，甚至不惜献出自己的生命……若干年后，赫尔岑成了俄国著名的哲学家、政论家和文学家；奥加辽夫成了著名的民主主义革命家和诗人。有一天，当他们回想起少年时代的那个黄昏，赫尔岑仍然禁不住热泪盈眶。"不必再说什么了。"他这样写道，"我们的整个一生，都可以为它作证……"

此刻，我被他的这句话深深地感动着。我相信，每一个人，在他的一生中，都会有一段最美好的时刻——浪漫、纯真和幸福的时刻：朝气浩荡，壮志凌云，情不自禁地为远大的抱负而感动，甚至也幻想着踏上为理想而受难的旅程，即便是"在

烈火里烧三次,在沸水里煮三次,在血水里洗三次",也无怨无悔,并且会期待着某一天,有一双温柔而明亮的眼睛注视着自己,随时会为一声关切的问候或轻轻的叹息而泪水盈盈……是的,人生的幸福,有时只能用这种哪怕是极其短暂的美好时刻来衡量。

当我回过头,遥望我的少年时光,追忆昨天那些誓语,我仍然相信,我人生中的一段最美好的时刻,就出现在四十多年前,我在家乡胶东的乡村中学读书的那段日子。倒不是说那时候我生活得多安逸和幸福。恰恰相反,那段日子也许是我这一生中最贫穷和最艰辛的时候。——正如狄更斯的《双城记》的开头所描写的那样:那是最昌明的时世,那是最糟糕的时代;那是智慧的年代,那是愚昧的年头……那是希望的春天,那是令人绝望的冬天。我们眼前无所不有,我们眼前一无所有。

但那时候我正当青春年少。生活虽然贫困而艰难,有时候甚至要为衣食发愁,为温饱奔波,但我已经分明觉得,我的身体正在迅速地发育和成长,我的身高、我的体重、我的肺活量,都在一天天地发生着变化。我即将像冻土地上的冬小麦一样拔节而起,脱颖而出。而且,我的头脑中也开始产生一些奇怪的想法了——夸大点说,就是心灵深处已经充满某种幻想和抱负。也可以说,正是这些幻想和抱负激励着我、

鼓舞着我，使我自觉地热爱起自己的生命来了……

此刻，我仿佛又回到了四十多年前的母校，走进了高中一年级的课堂。我仿佛坐在了自己当年的那个座位上。我甚至还听见了窗外一片熟悉的蝉声。

"徐鲁，请你给大家背诵一遍高尔基的《海燕》……"好像传来了我们班主任老师和蔼的声音。

我颇为得意地站了起来。然而教室里却空无一人。

劳燕分飞，柳色秋风。当年那一班心比天高、志当拿云的少年，如今早已经天各一方了。

但是，我能够忘记他们吗？我能够忘怀那里的一切吗？我曾以整个心灵生活过的地方——正如普希金的诗歌里所咏赞的一样——它培养了我的情感，我爱过——在那里，我的童年和最初的青春融合在一起；在那里，被自然和幻想爱抚着，我体验到了诗情、欢乐与平静……

哦，那时候！那时候我的周身涌动着的，是一个自不量力的乡村少年的殷殷热血。自己虽然一贫如洗，却幻想有一天能够走遍大地，而口里也常常念着这样浪漫的诗句："没有我不肯乘坐的火车，也不管它往哪儿开去……"我的课桌里面，也常贴着自己用毛笔抄录的两句话："自信人生二百年，会当水击三千里。"据说，这是毛泽东主席做学生时的格言。我的入团申请书里，也引用了奥斯特洛夫斯基的那段名言："人

的一生应当这样度过……"

这样的回忆，对我来说永远是温馨无比的。我还记得，那年秋天，我的一位要好的同学要去远方，我们都站在大青山口为他送别。他的背包里，装着我送给他的一个信封，里面写着一首五言唐诗："十年磨一剑，霜刃未曾试。今日把示君，谁有不平事？"而我的口袋里，也留有他赠送的一本纪念册，扉页上工工整整地写着我们当时都非常熟悉的一段语录——马克思中学毕业作文中的誓语："如果我们选择了最能为人类的幸福而劳动的职业，就不会被它的重负所压倒，因为这是为全人类所做的牺牲——我们的事业并不显赫一时，但将永远存在。"

是的，这就是那时候的我们：虽然单纯、幼稚、懵懂、年少气盛，但却有的是理想和热忱，一个个都是十足的理想主义者和英雄主义者。我还记得，有许多次，仿佛要有意试一试自己的意志和胆量，我和关潼、延平等几位要好的同学一道，在翻江倒海般的暴风雨中，沿着大青山古道骄傲地奔跑着。我们一边疯狂、漫无目的地奔跑，一边挥动着双臂，呦嗬嗬地呼喊着，好像每一个人都和大自然的风雨雷电融为了一体，暴风雨中的一切声音，都化作了我们生命的声音。我的周身，既充满了力量也充满了胆量。我们大声地呼唤："让暴风雨来得更猛烈些吧！"而当暴风雨停住，大地重又归于

平静的时刻,我们就会像一群胜利者一样,一起站在高高的、天清气爽的山巅上,遥看远处大团大团飞涌的白云,还有那依稀可见的迷人的海光,聆听着一阵阵如同交响乐一般的林涛的奏鸣,心中似有万种神秘的激情在冲撞、荡漾……

这时候,我们又会对着山谷、丛林、辉煌的落日,高声地朗诵起我们喜欢的诗歌来。那时我们的班主任教我们念过不少俄罗斯和苏联的诗歌。我记得当时我最喜欢,而且常常在晚会上朗诵的,是普希金的诗:"无论命运把我们抛向哪里,无论幸福把我们带到何方,我们都依然如故,世界都是异域,皇村才是我们成长的地方。"

现在想来,这样的情景,和赫尔岑、奥加辽夫少年时代的那个黄昏,是何其相似啊!没有错,一代人有一代人的性格特征,一代人有一代人的精神追求,一代人有一代人所钟爱的理想和誓言。但无论是处于哪个时代的少年,有一点则是共同的,那就是:都崇尚青春,都富于理想,都钟情于浪漫、高尚的幻梦。而且,都富于朝气,都富于力量,都渴望着在天上飞翔!

散文作家康·巴乌斯托夫斯基在他的《金蔷薇》里说道:"对生活,对我们周围一切的诗意的理解,是童年时代给我们的最伟大的馈赠。如果一个人在悠长而严肃的岁月中,没失去这个馈赠,那他就是诗人或者是作家……"我很庆幸,

自己经过了这么多岁月的颠簸和淘洗，不但没有失去这个"最伟大的馈赠"，相反，我越来越感受到它们的宝贵与伟大。或许正是它们，教会了我如何去勇敢、坚强地面对人生和亲近世界。

我也曾不止一次地写到过，我是多么怀念、感激那一段既贫困又坚实的岁月。那些浪漫的激情和誓语，虽然只是那么短暂地出现在我少年时代的某一时刻，但它们却潜移默化地影响着我，直到今天。我相信，它们是我坚强意志的奠基石；是我渴望为理想献身的信念的源头；是我有时候不得不遁于内心而守护住自己的秘密的精神支柱；也是我今生今世依赖在这个浩大、纷纭和凛冽的世界上奋斗和生存下去的坚定信念和最后的退路！

我想起我的恩师、文学家徐迟先生的一段话："他出生的时候，并没有玫瑰花，他反而取得了成功；而现在，应当有所警惕了呢，当美丽的玫瑰花微笑的时候。"我愿把这段话转赠给少年的你——当你也准备做一名少年奋斗者的时候……

徐鲁

小小的篝火

美丽的野葱花
「世界是他们的」
营盘山上的红橘子
指挥员的泪光
小小的篝火
一双旧草鞋
童年之花

美丽的野葱花

※

它们像草原的孩子一样,在大地母亲的怀抱里生长,在风风雨雨中盛开。

你看见过美丽的野葱花吗?那是大西北草原上最普通、最耀眼的野花,它们就像散落在草原上的星星和珍珠,在荒无人迹的草地上,在白茫茫的雨雾中,默默地、顽强地生长。

辽阔的天地和四季的风雨,赋予了野葱花淡淡的清香。在那遥远的年代里,在那艰苦的岁月里,野葱花曾经是伟大的红军战士们充饥的口粮,它们给红军战士带来了春天的讯息和胜利的希望,也给他们增添了前进的勇气和力量。

坚强的野葱花,即使被偶尔奔跑过的野牦牛、野骆驼践踏过,痛苦地倒在了泥水里,它们也不会轻易地枯萎和死亡。它们像草原的孩子一样,在大地母亲的怀抱里生长,在风风雨雨中盛开。哪怕被牧人们的镰刀收割了,被马儿吃掉了,而春天一到,野葱花又会一片青葱,到了夏天,它们又开出了洁白和清香的小花。

在红军长征的队伍里,有许多年轻的小战士,就像盛开在

草地上的野葱花一样，顽强地成长着，散发着年轻的生命活力。

李登玉，参加长征时只有10岁。有一天晚上行军，敌人从后面追上来了，枪声叭叭地响着。小登玉拼命地往前奔跑，不料，一只脚一下子踢到了一块尖利的石头上，石棱子把她的小脚趾割断了，脚上顿时鲜血淋漓。钻心的疼痛使她忍不住哭了起来。可是，从后面赶上来的大哥哥、大姐姐立刻提醒她："不能哭出声，敌人听到会追上来的！"小登玉一听，连忙憋住哭声，强忍着剧痛，把眼泪咽进了肚里，没有再哭出一声。

红军主力部队在强渡大渡河、飞夺泸定桥之后，为了摆脱敌人的围追堵截，早日北上与中国工农红军第四方面军会合，毅然选择了一条人烟稀少、自然条件十分恶劣的路线向前行进，这就要爬过茫茫的雪山、跋涉过荒凉的草地。

单说这荒无人烟的草地吧。说是草地，不如说是沼泽地，只要踩错一步，就会陷进深深的泥淖之中。有一天，小登玉因为脚趾受了重伤，走得很疲劳，忽然间，一脚没有踏稳，滑进了可怕的泥潭里，眼看着全身就要被烂泥埋没。就在这紧要关头，身后响起一个严厉的声音："不要动！"小登玉赶紧用双手死死地抠住地面，一动也不动。这时，战友们互相紧紧拉住，向她伸过手来，猛地抓住她的胳膊，奋力把她提了上来。

没过几天，大家出发时带的一点干粮就吃光了。小登玉也

和战友们一样,又饿又冷,又渴又乏。幸好,他们看见了许多在凄风冷雨中轻轻摇摆着的野葱花。小登玉饿得实在受不了了,就学着大家的样子,拔一些野葱花,甚至挖一些草根来充饥。不用说,清香中又带点微苦的野葱花,给战士们增添了一些前行的信心和力量。

就这样,一个10岁的女孩子,一个10岁的红军小战士,经受了战争岁月里最严酷的考验,终于走完了漫长和艰辛的长征路。

美丽的野葱花啊,盛开在红军们当年走过的地方。它们就像一粒粒珍珠、像一颗颗星星、像红军战士们留下的脚印,闪闪发光。

"世界是他们的"

✳

任何时候,有了这些少年,就不会没有希望!

埃德加·斯诺在《红星照耀中国》(又译《西行漫记》)中,对红军长征结束,到达陕北后的一位红军小战士,有过这样的描写:"他穿着网球鞋、灰色短裤,戴着一顶褪了色的灰色帽子,上面有一颗模模糊糊的红星。但是,帽子下面那个号手可一点也不是褪色的:红彤彤的脸,闪闪发光的明亮眼睛,这样的一个孩子你一看到心就软了下来,就像遇到一个需要友情和安慰的流浪儿一样。我想,他一定是非常想家的吧?可是很快我就发现自己估计错了。他可不是妈妈的小宝贝,而已经是一位老红军了。他告诉我,他今年15岁,4年前在南方参加了红军。"

"4年前?"斯诺当时不相信地叫道,"那么,你参加红军时才11岁喽?你还参加了长征?"

"没错呀,"小战士得意和自豪地回答说,"我已经当了4年红军战士了。"

斯诺被这个乐观的"红小鬼"深深地感动了。他在自己的书中这样写道:"他们大多数人穿的军服都太肥大,袖子垂到膝部,上衣几乎拖到地面。他们说,他们每天洗手、洗脸三次,可是他们总是脏,经常流着鼻涕,他们常常用袖子揩,露着牙齿笑。虽然这样,但世界是他们的:他们吃得饱,每人有一条毯子,当头头的甚至有手枪。他们有红领章,戴着大一号甚至大两号的帽子,帽檐软垂,但上面缀着红星。他们的来历往往弄不清楚:许多人记不清自己的父母是谁,许多人是逃出来的学徒,有些曾经做过奴婢,大多数是从人口多、生活困难的人家来的,他们全都是自己做主参加红军的。"

斯诺先生所描写的这些"红小鬼",都是十来岁的少年。他们来自全国各地,他们热爱红军,知道这是老百姓自己的队伍,因为他们亲眼看到了,红军跟任何人都是平等的,红军对每一位穷苦的老百姓都是友好和保护的。这些"红小鬼"参加了红军队伍后,似乎每样工作中都能看见他们小小的身影:通信员、勤务员、号手、侦察员、无线电报务员、挑水员、宣传员、歌咏队演员、马倌、担架员、护士,甚至教员……

"有同志们和你在一起,行军是不苦的。如果要走一万里,我们就走一万里,如果要走二万里,我们就走二万里!"这些坚强和乐观的小战士,这样笑着告诉那个高鼻子、蓝眼睛的外

国记者。

这些小小的、坚定的身影,让斯诺从内心里觉得:只要看到他们,你就会感到,中国不是没有希望!任何时候,有了这些少年,就不会没有希望!

当然,在艰苦的长征路上,有许多这样的"红小鬼",因为长期的风餐露宿和长途行军,吃不饱也穿不暖,体力得不到补充。特别是在爬雪山、过草地的日子里,仅有的一点干粮吃完了,所有的战士只好用野菜、草根充饥,就连队伍里不多的战马,也都变得那么瘦削和羸弱。

不过,战马再怎么瘦削和羸弱,也比那些瘦小的"红小鬼"强壮和有力气。于是,有的小战士就想出一个"偷懒"的法子:行军的时候,如果遇到机会,就抓住前面的马尾巴,借助战马的力量,快步前进。果然,这样爬起山坡、走起长途来就轻松多了。

在红军队伍爬雪山、过草地的时候,不少年小体弱的"红小鬼",都"享受"过这种拉着马尾巴行军的"待遇"呢!

营盘山上的红橘子

※

每一个红彤彤的橘子,都凝结着乡亲们对红军的沉甸甸的情意。

我们的红军队伍比起国民党军队来,装备是那么差,人员又那么少,可是为什么在许多次战斗中,红军总能打胜仗呢?这其中有一个很重要的原因,就是我们的红军是一支纪律严明的军队,无论走到哪里,都严格遵守纪律,被老百姓称赞为"铁的军队"。下面的这个小故事,是发生在长征路上的一幕。

1935年2月3日,正是农历大年三十,红军的一支部队到达四川叙永时,战士们已经两天没有吃上一顿饱饭了。当他们经过城外的营盘山时,突然看见山上的橘子树上挂满了黄澄澄的橘子。

"真奇怪啊,这个季节了,树上怎么还有橘子呢?"

"快看快看,这些红橘子,像不像大年三十晚上那些小小的红灯笼呀?"

有一些战士看见了树上的红橘子,就七嘴八舌地谈论了起

来。有的战士还开玩笑地喊道:"同志哥哎,快加油走啊!一会儿就到山上吃橘子啦!"

等他们爬上山坡时,一个个黄澄澄的橘子近在眼前,只要伸伸手就能摘到,可是,他们没有一个人伸手去摘那些橘子。

有个只有十几岁的小战士使劲地咽了咽口水,实在忍不住了,就弯下腰捡起一个落在地上的橘子,擦了擦上面的泥土,刚要往嘴里送,突然,后面立刻就响起一些声音:

"咦,你想干什么呀?"

"我的小同志哥,难道你忘了首长给我们讲过的纪律了吗?"

"这些橘子是你家的吗?弯下腰捡起来就往自己嘴里送?"

幸好这个小战士反应得快,只是把橘子放在鼻子下闻了闻,又放在手心里掂量了一下,说:"嗬,这个橘子真大啊!"然后,就不好意思地把橘子又放到了橘子树下,继续往前赶路。

村里的乡亲们不知怎么知道了这些过路的红军战士都还饿着肚子,便纷纷追赶上来,有的送来家里仅存的干粮,有的还给战士们送来了热水和草鞋。

最后,首长从老乡那里问清楚了,这片橘林是当地一个地主家的。因为得知红军队伍来了,这个地主吓得前几天就逃到外面去了。这样,首长们一商量,决定没收这片橘林,让战士

　　们和乡亲们一起把树上的橘子摘下来，分成许多份，红军战士自己分到几小份，大部分都分给了附近的贫苦百姓。

　　乡亲们从分到的橘子里挑出最大、最红的，送给了我们的红军战士们。战士们每人接受了一个橘子，谁也舍不得吃，就带上继续赶路了。战士们觉得，每一个红彤彤的橘子，都凝结着乡亲们对红军的沉甸甸的情意。

指挥员的泪光

＊

最后的胜利不属于我们,还能属于谁呢?

在荒无人烟、缺衣少食的大雪山和大草地行军,寒冷、饥饿、疾病、伤残,还有敌人的围追堵截……日日伴随着我们的红军将士们,甚至有的将军和指挥员也会疲惫得跟不上队伍。

有一天,一位红军指挥员因为饥饿和疲劳,渐渐地被大部队甩在了后面,暂时"掉队"了。大风雪中,这位指挥员牵着一匹瘦弱、疲惫的马,一步一步艰难地朝前跋涉着。

忽然,指挥员看见前边有一个小战士,跟他一样也掉队了。看上去,这个小战士不过十二三岁的样子,瘦小的脸庞,单薄的身子,两只脚穿着已经露出脚后跟的草鞋,脚已冻得又青又红。

指挥员急忙追赶到小战士跟前,说:"小鬼,来,你上马骑一会儿吧,我给你牵着马。"

小战士一看这位同志满脸胡子拉碴的,就摆出一副满不在乎的样子,朝着他微微一笑,用一口四川话说:"同志哟,你

哪个也掉队了？我的体力比你强得多嘛！你快骑上马走吧。"

指挥员用命令的口吻说："少说废话，上去，骑一段路再说！"

小战士倔强地说："要不得，要不得！你比我年龄大，要骑马也得你先骑嘛！不信我就同你的马比赛一下看哟，比一比看谁走得快嘛！"说着，小战士把腰板一挺，做出个准备赛跑的姿势。

"比赛就免了，那只能更加消耗体力。这样好不好，我们俩一块儿往前赶路？"

"不，你先走嘛，我还要等我后面的战友嘛！"

"你这个小鬼！还真有股子倔强劲儿啊！"

指挥员无可奈何，就从身上取出仅有的一小包青稞面，递给小战士说："那好吧，我自己往前赶路。这个，你把它吃了吧。"

小战士连忙推辞，把自己身上的干粮袋一拉，轻轻地拍了拍，说："你看嘛，我这里鼓鼓的，比你的还多嘛。"

指挥员拿这个小鬼没有办法，只好爬上马背，独自朝前走去。

风雪越来越大，冷风吹在脸上，真像被刀子刮着一般。指挥员骑在马上，一边赶路一边担心后面那个身子骨单薄的小战士。指挥员担心地想：这样大的风雪，他能抵抗得住吗？

这个小战士使指挥员又联想到了自己在过去的战斗生涯中，曾经见过的另外一些穷苦的孩子。指挥员曾经接触过、接济过

的一些穷苦孩子的面容，一个个浮现在了他的眼前。

"不对，那个小战士的脸分明是有点浮肿了，我可能受骗了！"指挥员想到这里，暗叫了一声，立刻掉转马头，狠踢了几下马肚子，向着来路奔跑过去。

果然，指挥员找到那个小战士时，发现他已经摔倒在大风雪中，奄奄一息了。

"小同志，醒醒，你快醒醒啊！你不该这样固执啊！来，我们一起赶路，我们就要走出这片草地了！"

指挥员吃力地把小战士抱上了马背。突然，他的手触到了小鬼的干粮袋，感觉袋子里硬邦邦的。里面装的什么东西呢？指挥员掏出来一看，原来是一块烧得发黑的牛膝骨，上面还有几个深深的牙印儿。

指挥员顿时全明白了。就在这个时候，小战士微微含笑，在指挥员的怀抱里停止了呼吸。指挥员紧紧搂住了这个小战士的遗体，就像搂着自己的孩子一样，禁不住泪水纵横……

指挥员狠狠地打了自己一个嘴巴，痛悔着说："怎么搞的啊！你怎么对得起这个小同志啊！他可是我们革命的继承者啊！"

这时候，指挥员望着风雪茫茫的前方，心里也更加明白了一个道理：我们拥有这样好的战士、这样无私无畏的红军队伍，最后的胜利不属于我们，还能属于谁呢？

小小的篝火

※

每一支队伍，都是一道不可阻挡、勇往直前的铁流！

我们的红军队伍不仅是一支战斗队，还是一支宣传队。每一位红军战士都像是点燃在漫漫长夜里的一团小小的篝火，给所到之处的苦难的人们带来光明和温暖，也把革命的火种、希望的火焰和胜利的信念，撒播在了弯弯曲曲的征途上。

可是在长征途中，几乎所有加入了红军队伍的小战士，都是从小就当放牛娃、小羊倌、小长工，甚至是拖毛竹、砍柴、要饭的苦孩子，从来也没有进过学堂，斗大的字识不了一箩筐。

怎么办呢？不认识字，没有文化，怎么去写标语、送传单，怎么去给沿途的乡亲们宣传革命和抗日救国的道理呢？

生活中才出真智慧。于是，在战斗的间隙、行军途中，有些小战士就"发明"了一种"看后背"识字法：每当长途行军的时候，他们就把一些难认的生字写在纸片上，然后贴在前面战士的后背上，一边走路，一边认字，一遍一遍，学会了、记

牢了一个生字后,再换上另一个生字。我们的红军小战士,很多都是用这种方法学会了识字,学到了新的文化知识呢!

还有一个"红小鬼"的故事,说起来就有点让人心酸了。

1935年,红军的一支先遣部队在赤水河畔打头阵,与敌人遭遇后展开了激战。激战中,只见一个十五六岁的小红军,半蹲半坐在一块石头旁,一边向敌人射击,一边变换着位置,偶尔还把手伸向背后,好像在整理着什么。

战斗进行了整整一天,由于敌人增援部队多,红军伤亡很大。傍晚时分,战斗终于结束了。在清理战场时,当地老百姓在牺牲的红军战士里,看见了一个没穿裤子,只穿着一件长过膝盖的旧军衣,腰上还拴着一只"小马桶"的小战士。

这是怎么回事呢?原来,这个小战士正在生病,拉肚子拉得很厉害,连续紧张的行军和激烈的战斗,使他顾不得什么,就把一个小铁桶拴上绳子挂在腰间,以便在行军作战时应急之用。

"艰难困苦,玉汝于成。"我们的红军小战士们,就是这样在残酷的战斗中获得了生存的本领与智慧,在艰苦的岁月里得到了成长和锻炼。每一位战士,都是一团越烧越旺的篝火;每一支队伍,都是一道不可阻挡、勇往直前的铁流!

那些曾经像火把、像篝火一样的红军战士的生命,有时在

一场场残酷的战斗中,突然就熄灭了、消失了。但是,他们也像被野马啃掉的野葱花一样,春天一到,又会顽强地重生。于是,我们会发现,曾经被认为是熄灭了的,其实永远不会熄灭。他们的英魂和精神,在他们经过的任何地方,将燃得比以往任何时候都更加光彩夺目。

有一位红军小号手,小名叫双喜,在家乡的时候是个"小喇叭匠"。双喜的父亲在家乡靠给人家办红白喜事时吹喇叭为生,外号叫"喇叭匠"。后来,双喜长大了,也跟着父亲学会了吹喇叭,人称"小喇叭匠"。

1936年春天,红六军团十八师五十三团到达他的家乡云南省姚安县安乐村,14岁的小喇叭匠和阿爸、乡亲们一起为红军送饭,来到了张氏宗祠前的谷场上。

红军的司号员拿起军号,吹出了清脆嘹亮的开饭号。小喇叭匠好奇地走过去,对着这只"洋号"看了又看,摸了又摸。

司号员问他说:"小兄弟,你喜欢这只号吗?"

"是啊,谁不喜欢这好看的洋号和好听的调子呢!"

"嘻嘻,小兄弟,这可不是什么调子,这是开饭号,晚上还有熄灯号,早晨还有起床号。你会吹号吗?"

"我会吹喇叭,我从小就跟着阿爸到办喜事的家里吹起轿号、迎亲号、开饭号、送亲号。不过,我的喇叭没有你们的洋号好,

调子没有红军的好听。"

"既然你喜欢我们的军号,喜欢红军,那你跟我们走好不好?"

"好是好,就怕我年纪太小,你们不要我,我爹妈不放心我去。"

"假若你愿意加入我们的队伍,我们可以帮助你去说服你爹妈嘛!"

小喇叭匠激动地领着司号员和几位红军战士来到自己家。他阿爸一见红军,高兴地说:"我早就听人说过,红军是老百姓的队伍,是为穷苦人打天下的人民军队。"

战士们对老人说:"多谢老人家对我们的信任,正是因为有这么多老百姓支持我们,我们红军的队伍才越来越壮大啊!"

老人接着说:"我和乡亲们谈论红军为人民打富济贫的事,地主老财却骂我们穷人是'灯中无油灯不亮,槽中无食猪拱猪'。我看哪,小双喜今天能遇见你们,也是他的福分!反正在家里也是受罪的命,不如横下一条心去当红军。请你们收下他吧!"

没有想到,小喇叭匠的阿爸这样深明大义。

司号员就问小喇叭匠:"你的大名叫什么?"

老人说:"只有个小名叫双喜,穷人家读不起书,连大名也没起,请你们给他起个大名吧!"

小司号员询问了一下,知道小喇叭匠姓张,在家族里是"从"字辈,就笑着说道:"今天,你们全家支持小双喜参加红军队伍,我看,大名就叫'张从军'吧!"

在场的红军战士和群众热烈鼓掌,都说这个大名起得好。

从此,小喇叭匠有了正式的名字"张从军"。

小喇叭匠跟着红军队伍从军干革命的故事,很快就在周围的村庄里传开了。不少青少年也都效仿着张从军的选择,跑到红军队伍的驻地,纷纷要求加入红军队伍呢!

红军队伍中,像小喇叭匠这样在长征中途,跟随着红军走上革命道路的"红小鬼"是很多的,他们的加入,也正好证明了,伟大的长征一路上确实就像是"宣传队"和"播种机"一样。

一双旧草鞋

*

"只要坚持下去,胜利就一定是我们的!"

红军队伍刚开始准备过大草地时,大家都以为,草地嘛,不过就是一片平川而已,有什么难走的!

可是,一旦进入了大草地,大家才发现,这里的草地可真不一般,虽然遍地是荒草,但草底下全是水,甚至看不见一点儿泥土。仔细看去,一丛一丛、一片一片的野草,年年浸泡在死水里,就像农村沤的绿肥一样,都绿得有些发黑了,连草下的水也是乌黑乌黑的。

更危险的是,双脚踏在草上感觉虽然软软的,好像还有些弹性,但是脚下滑得厉害,上一步刚迈出,就需要看下一步该在哪里落脚,一不小心就会滑倒。按说在别处滑倒也不算什么,爬起来继续赶路就是了,可是在这里却没这么简单,因为草地下面的黑水深不可测,水下还有深厚的污泥,人、马一旦滑倒了,就会越陷越深,很难再拔出腿脚来,好像被污泥牢牢黏住了一样,

有时候只能眼睁睁地看着人、马完全陷进深淖里。

红军官兵们就在这样的大草地上，小心翼翼地前行着。

这一天，一个只有十几岁的小战士，沿着草地边缘走了还不到几里地，突然发现自己脚上的草鞋被磨穿了，前后鞋掌处都磨出了大窟窿，当作鞋带的麻绳也断了，怎么系也系不紧了。

这可怎么办哪？要知道，长征途中，因为物资极其匮乏，大家都是只有一双鞋，谁也帮不了谁的忙。这时候，如果是赤着脚行军赶路，草甸子上的各种野草的草刺、坚硬的草茇，还有石头什么的，会扎得脚掌生疼生疼的，对于年纪不大的红小鬼们来说，就更难以承受了。

果然，没走多久，这个红小鬼的脚上就被扎得流出了鲜血，伤口浸泡在黑水里，真是锥心一般的疼痛！红小鬼只好坐下来，抱着扎破的脚，摸了又摸，却没有一点儿好的办法来对付。

这时候，负责看护病弱伤员和小战士的看护员小李，想了一个办法。他从口袋里掏了一块一尺来长的包扎伤口用的胶布，给红小鬼把伤口包起来。红小鬼往前走了几步一试，还挺管用！

不过，血是流不出来了，可脚趾、脚掌被紧紧裹在一起，就跟过去被缠小脚的女人一样，走路再也迈不开大步子了。而且，当红小鬼一跛一拐地又走了一段路时，胶布浸在污水里，失了胶性，又脱开了。他只好又停下来，想别的办法。

"干脆,我来背你走吧,不然非掉队不可。"

"是呀,天色很晚了,我们必须在夜晚来临前走出这片草甸子,不然就会迷失方向。"

"背着走路,那可不行!万一滑倒了,那就不是陷进一个人了……"

就在大家七嘴八舌地说着各种主意的时候,从前面赶过来一位往回送信的通信员。通信员以为,大家是在坐着休息,就赶紧叮嘱说:"同志哥哟,这里可不是休息的地方,赶紧赶路吧,首长们正在前面等着你们哪!"

突然,通信员看到了红小鬼,神情很疲惫,脚上也有血迹。

"怎么,是不是生病了?还是负伤了?"

红小鬼摇了摇头。看护员小李说:"他的草鞋烂了。"

通信员看了看红小鬼的脚,顺手从自己的背包上抽出一双旧草鞋,递给他说:"小鬼,没有鞋可不行呀,给你,前边的路好长,也更难走呢!"

"那你……"红小鬼盯着通信员的脚看了看。通信员脚上的草鞋也烂得快不能穿了。红小鬼赶紧又把草鞋还给了通信员,说,"不,你要前前后后地跑,传达首长的命令,你更需要草鞋。"

"放心吧,等我的草鞋穿坏了,我自己再想办法。现在往前赶路要紧!你们快点儿走,我还要往后面去传达命令。"

　　一双旧草鞋，放在平常，实在不算多么珍贵的东西。可是，在此时，在这茫茫无边的、又冷又有泥淖的大草甸子上，一双草鞋跟一口水、一口干粮一样重要和宝贵！

　　"赶紧穿上，快走吧，千万别掉队呀！只要坚持下去，胜利就一定是我们的！"说完，通信员把草鞋硬塞进了红小鬼的手上，挥了挥手，高声喊道："加油啊，同志们。"

　　"再见，同志，多加小心！"红小鬼和看护员、战友们都站起来，朝着这个同样年轻的通信员挥了挥手。

　　这个红小鬼，在行军最艰难的时刻，得到了像亲兄弟一样的好战友的无私的帮助。望着那个通信员远去的背影，红小鬼半天说不出话来，只觉得眼眶有点儿湿润，眼泪顺着两颊流了下来。

　　是的，千万不能掉队！只要坚持下去，胜利就一定是我们的！红小鬼轻轻地念叨了一遍通信员的话，穿上了那双宝贵的旧草鞋，朝着革命和胜利所指引的方向，继续大踏步地往前赶去……

童年之花

*

童年之花,从家乡的山岭间一直开到了遥远的陕北高原上。

在红军长征队伍中,有一位年仅 11 岁的小姑娘,名字叫王新兰。

1924 年,小新兰出生在四川省宣汉县一个比较富裕的家庭里。她的叔叔王维舟是中共早期的党员。在叔叔的影响下,小新兰的两个哥哥和两个姐姐,先后加入了共产党。小新兰 7 岁时,因为人小,不容易引起白匪和特务的注意,党组织常派她去传递秘密文件。

1933 年,红四军进入了四川,新兰的叔叔领导的"川东游击军",被改编为红四方面军第三十三军,叔叔担任军长。当时,小新兰虽然只有 9 岁,但在亲人们的影响下,也懂得了不少革命道理。

红军队伍要离开宣汉,长征北上了。家里只留下小新兰和多病的妈妈。看到小新兰天天坐立不安的样子,15 岁的姐姐——

已经是红军战士的王新国,看出了妹妹的心事,明白小新兰打心眼儿里渴望跟着红军一起出发。于是,姐姐说服了妈妈,鼓励妹妹新兰报名参加了红军。

当时,红四军政治部的一位将军接待了她们。当将军看到小新兰扎着两个羊角辫,个头还没有一支步枪高时,就故意逗她说:"小丫头,你还这么小,到了队伍上能干什么呢?"

小新兰唯恐首长把自己看小了,就大着嗓门说:"干革命还分年龄大小呀?我可什么都能干!"

将军见到她那么坚定和率真的样子,哈哈大笑道:"什么都能干?那你具体说说,你能干些什么?"

"可别小看人呀!我会写字,会跳舞,还会唱歌。对了,我从小就学会了给我们自己人传递秘密情报!"说着,小姑娘还在地下写了一些字让将军看,然后说道,"怎么样,首长,这下您该相信了吧?"

这时,她姐姐新国也在旁边说:"首长,就收下我妹妹吧!您别看她年龄小,可她已经为党工作好几年了。"

将军一边听着,一边连连点头,说:"嗯,不错,不错。真没有想到,你还是一个'老革命'哪!好吧,那你明天就过来吧!"

王新兰兴奋得跳了起来,拉着姐姐就往外跑。

将军突然想起了什么,对着她们问道:"你们家人同意了吗?干革命可不比在家里,那是要远离家人,要吃很多苦的!"

"请首长放心吧,我阿妈早就同意啦!"

"真不愧为光荣之家啊!你们全家人对革命的贡献真大啊!"将军满意地说道。

接下来的几天里,姐妹们把妈妈托付给了地方苏维埃组织后,就到红四军报到了。姐姐新国被分配到了红四军政治部宣传委员会工作。妹妹新兰被安排在宣传队当宣传员。

长征路上,小新兰和战友们一起穿山越岭,爬雪山,过草地,从不叫苦叫累,也没有掉过队。不过,因为她的年龄太小了,爬雪山时,有几次她是靠拉着马尾巴才攀上去的;过草地时,她有好几次还骑在红军大哥哥的肩膀上呢。

最终,这位长征队伍里的小红军,把一串串小脚印留在了长长的长征路上。她的童年之花,从家乡的山岭间一直开到了遥远的陕北高原上。

少年奋斗者

孩子剧团的故事
新安旅行团的故事
杨司令和"少年战斗队"
火焰一样的山丹丹
"朱德儿童团"
"石榴花行动"
红色小歌仙
桃树沟的记忆
"监狱之花"
战火中的小图书馆

孩子剧团的故事

*

我们是一支小小的铁流……

星星们在天上颤抖,它们肯定也看到了远方的满天红光。那是日本侵略者扔下的炸弹,把我们的城市变成了一片火海……

幸运的是,我们逃出来了。22个小伙伴,一个也没有少。

吴大哥说:"孩子们,现在上海沦陷了,我必须把你们尽快转移到武汉,送到周伯伯和邓妈妈身边,送到'家人'身边去。"

吴大哥还不到20岁。他是一位勇敢坚定的地下党员和抗日战士,也是孩子剧团的团长。小雅姐姐是一位大学生,现在也加入了我们的队伍。

背着小小的背包,背着我们各自的"武器":胡琴、小提琴、小号、小化装箱和道具箱……我们跟着吴大哥和小雅姐姐,开始向武汉转移。

"孩子剧团"是抗日战争时期中国共产党在上海领导的一个红色的儿童剧团。剧团里有20多名小团员,年纪最大的才19

岁，最小的只有8岁。这些孩子大都来自贫苦人家，他们就像一棵棵坚强的小树，在敌人的炮火和时代的风雨中，一天天长大……

事情要从这里说起——

1932年，在上海市沪东区（现杨浦区）临青路的临青坊里，成立了一所临青学校。这个学校里有200多名小学生和初中生，他们大部分是工人子弟，家境贫寒。

在这所学校里工作的老师和校长，都是一些抗日爱国的知识分子。在中华民族面临着生死存亡的年代里，老师们除了给学生讲授文化知识，还经常给学生宣传抗日救国的道理。

每当市内举行抗日游行示威活动时，老师们都要带学生去参加。学校还成立了学生会，由品学兼优的学生组成。学生们除了学习国难课本、算术等，还学会了唱歌、做游戏、表演。学校里还成立了歌咏队，经常演唱抗日歌曲，老师们还给他们排演了《捉汉奸》《最后一课》等儿童剧。

1937年，日本侵略者逼近上海，在老师们的帮助下，一部分无家可归的学生，来到法租界的难民收容所里避难。这些失去家园的孩子，饱尝了家破人亡的痛苦，对杀人放火的日本鬼子和汉奸充满了深仇大恨。

孩子们虽然栖身在难民收容所里，可是，他们不甘心在这

里吃闲饭。学生会主席和歌咏队队长,还有一些学生骨干,自发地组织成了一个团体。他们在难民收容所里办壁报、教难童识字和唱歌,在难民中宣传抗日救亡的道理。

当时,中共地下党组织对这些孩子的活动非常重视,也非常支持。党组织派了一名年轻的地下党员吴新稼,每天到难民收容所里来,给孩子们讲抗战形势,帮他们练歌,还组织一批难童排练了《火线上》《捉汉奸》《打回老家去》三个街头剧。吴大哥还给他们编排了另一个街头剧《放下你的鞭子》。

这些节目排练好后,他们一开始先为难民收容所的同胞们演出。没想到,他们的演出非常成功,受到难民同胞的热烈欢迎。许多难民看着看着就流下了热泪,一再赞扬孩子们演得好,觉得这些小戏演出了他们的心声,也鼓舞了他们起来抗战的信心。

孩子们得到了肯定和鼓励,也都非常兴奋。这时候,吴大哥告诉孩子们:"孩子们,既然你们的表演很受欢迎,大家为什么不走出难民收容所,到外面去为更多的同胞演出呢!"

有个孩子问道:"到外面去演出,那我们的剧团应该取个名字才好呀!"

"是呀,是呀。"孩子们纷纷赞同。

另一个孩子接着说道:"我们都是小孩子,不如就叫'孩子剧团'吧!"

大家听了，一起鼓掌表示赞成。孩子剧团就这样在艰难困苦的环境里诞生了。吴大哥还帮孩子们为剧团谱写了一首"团歌"：

我们生长在苦难里，
我们成长在炮火下。
不怕没有先生，
不去留恋爹娘。
凭着我们自己，
努力学习努力干。
孩子们，站起来！
孩子们，站起来！
在这抗战的大时代，
创造出我们的新世界！

孩子剧团的爱国演出活动，引起了难民收容所管理者的不满。他们拒绝继续收留这些孩子。不久，党组织安排孩子剧团离开了收容所，搬进了沪西区的余日章小学，开始了独立的生活。

在余日章小学，孩子剧团经常去街头、学校、工厂和医院演戏，宣传抗日救亡的真理。

有一次演出时,几个大哥哥大姐姐当场站起来,情绪激昂地说:"小弟弟、小妹妹们,你们真了不起,你们的亲人被鬼子杀害了,自己还要出来宣传抗日,我们要向你们学习!"

孩子剧团在上海的影响力越来越大。党中央获知了孩子剧团的情况,认为这些孩子的抗日精神,也是中华民族的希望的体现。党中央的领导仔细嘱咐上海地下党组织,要好好关心、帮助剧团的孩子们的成长。

1937年10月以后,日本侵略者逐渐包围了上海。孩子剧团的处境也变得十分危险了。为了保存实力,保障孩子剧团小团员们的安全,党组织决定把孩子剧团转移到内地去。

这样,孩子剧团就由吴大哥等人护送着,沿着长江,开始向武汉辗转行进……

清冷的月光和昏黄的风灯,照着我们前行。我们是一支小小的铁流,少年的脚步踏破了大地的梦。多么寒冷的夜晚,我们也决不后退!黑夜的尽头就是黎明。

走累了,我们就在旷野上围着一堆小小的篝火休整一下。

我们最小的团员妮妮只有8岁。吴大哥给妮妮揉着扭伤的脚,鼓励大家说:"勇敢的孩子们,一定要坚持下去,只要活着,我们就能看到未来。"

到武汉的路还很长,谁也不知道路上会发生什么。吴大哥说:

"我希望,不要有谁生病,不要倒下任何一个人!你们每个人都是党的孩子,是中国的未来。"

"吴大哥,到了武汉,我就能找到爸爸妈妈了,对吗?"

爸爸妈妈在我很小的时候就离开了家,我很想念他们。

"你们的爸爸妈妈正在北方和侵略者战斗。"吴大哥站起来,把我紧紧搂在胸前,安慰我说,"孩子,擦干眼泪,我们要像坚定的战士一样'回家',去和我们的'家人'重逢。"

踏着寒夜的露水,我们继续向前、向前、向前……

村外的小树林里,荒废的破庙里的稻草堆上,还有树洞和草垛里……都是我们背靠背的宿营地。

又一个黎明到来了。

铁道两边,到处是逃难的人群,还有一些失去了腿、手臂,头上还缠着绷带的士兵……

小雅姐姐带着我们走上前,把仅有的一点干粮分给逃难的老人和孩子。"看吧,日本强盗们践踏了多少中国人的好日子!"小雅姐姐的眼里闪耀着悲愤的泪水。

在破庙里,吴大哥和我们排练着他新写的儿童剧。

我们去战区流浪儿童收容所里,为他们演出了《不愿做奴隶的孩子们》,好多小难童也举起小手,要求加入我们的队伍。

我们去战区医院里,为伤病员们演出了《帮助咱们的游击

队》。士兵们个个眼睛红红的,握着拳头说:"小兄弟们,谢谢你们!等我们养好了伤,一定重返前线,把日本鬼子赶出我们的土地!"

新的春天还没有到来,所有的树木也光秃秃的。但它们都顽强地挺立在冬天的田野上和道路边。青青的麦苗也在田里匍匐地生长着。

涉过冰封的小河,我们继续向前、向前、向前……

有时候,走着走着,天空传来"呜呜"的响声。日本强盗的飞机又来轰炸了!吴大哥和小雅姐姐赶紧掩护着我们,分散到地堰下、枯树底下和干枯的水渠里……

一阵爆炸声过后,压在小雅姐姐身下的妮妮得救了,可是,日寇的炮弹夺走了我们的小雅姐姐……

美丽的小雅姐姐,再也听不见我们的呼喊声了!

吴大哥心痛得把自己的嘴唇都咬出了血。我们每个人心里都在燃烧着愤怒的火焰!

我的好朋友大勇实在忍不住了,挥动着双臂,对着冒着浓烟的远方大声喊道:"日本强盗你来吧,我们和你拼了!"

就在昨天,我们得到一个消息:大勇的爸爸妈妈都在前方牺牲了,他现在成了孤儿。

我们把小雅姐姐掩埋在朝着家乡方向的山冈上。吴大哥把

我们紧紧聚拢在一起,双眼喷着怒火,对着远方说:"残暴的日寇,你们听着!你们可以炸毁我们的村庄、房屋,可是你们永远炸不垮中华民族坚强的意志!"

告别小雅姐姐,擦干泪水和身上的血迹,我们继续向前、向前、向前……

无声的雪,铺满了夜晚的大地。我们背着的铺盖卷和道具箱上也落满了雪花。我们踏着清冷的月光,在雪中继续赶路。什么也阻挡不住我们坚定的脚步!

在隐蔽的小山沟里,我们支起小黑板,读书、认字、学文化;在安静的小树林里,吴大哥打着拍子,教我们学唱新的歌曲。我们心中有一个强大的信念:只要我们在,中国就不会亡!只要我们在,明天就会到来!

一支支抗日队伍,唱着战歌,喊着口号,向着前方奔去……

我们站在道路两旁,高唱着《打回老家去》《大刀进行曲》,为他们壮行。雄壮的歌声和口号汇成钢铁一样的声音,从眼前一直撞向远方……

一位腰扎皮带的将军爷爷,眼里含着泪水,抱起幼小的妮妮,大声说道:"孩子们!我以一个两鬓斑白的军人的尊严向你们发誓,哪怕战死到最后一个人,我们也一定要把侵略者赶出这片土地,让你们都过上安稳的日子!弟兄们,为了我们的父老

乡亲和孩子们,你们也发誓吧……"他的声音就像风暴,刮过人们的心胸……

红梅在早春的飞雪里盛开了。

经过几个月的跋涉,我们终于到达武汉,到达了"家人"身边。原来,吴大哥说的"家人",不是指我们各自的爸爸妈妈,而是从延安来的那些穿灰布军装的亲人。

周伯伯、邓妈妈,还有叔叔阿姨们张开温暖的怀抱,把我们一个个搂在怀里。邓妈妈看了又看,说:"勇敢的孩子们,你们总算回到家了!"

晚上,周伯伯和邓妈妈用铜盆端来热水,给我们泡脚。阿姨们为我们铺好了大铺的被褥,又给我们缝补被树枝挂破的衣裳……

夜深了,月亮从云缝里爬出来。月光透过窗棂,照在我们的床铺上。

周伯伯生怕我们冻着了,夜间工作结束了,又把自己的棉被、夹被和毯子,盖在我们身上。

大音乐家冼星海叔叔,也冒着风雪,披着满身雪花来看望我们。星海叔叔还挥着有力的手臂,打着拍子,教我们演唱《祖国的孩子》和《五月的鲜花》……

冬天的积雪还没有融化,我们就跟着吴大哥走上街头,开始演出了。《捉汉奸》是我们经常演的街头剧,不过,小伙伴们谁也不愿扮演汉奸,这个角色只好由吴大哥自己扮演了。

我在《放下你的鞭子》里扮演卖艺的小女孩。每次上台前,吴大哥都会亲自帮我扎好小辫子,给我化装。

有一天,在一个露天歌咏大会上,星海叔叔还亲自上台,担任我们的指挥呢。

迎春花盛开了。樱花、桃花、梨花也盛开了。孩子剧团的小伙伴们,就像一棵棵春天的小树在长大,在一次次演出中变得更加坚强。

夏天到了,湖塘里长满了荷叶,开满了荷花。我们从乡村演出回来,每个人都顶着一把绿色的"大荷叶伞"……

坐在夏夜的星空下,妮妮为大家朗诵大诗人郭沫若伯伯写的诗歌《天上的街市》:

远远的街灯明了,
好像闪着无数的明星。
天上的明星现了,
好像点着无数的街灯。
……
你看,那浅浅的天河,

定然是不甚宽广。
那隔着河的牛郎织女，
定能够骑着牛儿来往。
……

依偎在亲人们的怀抱里，我们是多么幸福啊！我们把会唱的歌唱了一首又一首。唱到《流浪儿》里"我们都是没家归的流浪儿……我们要在炮火下面长大……"时，在场的人都流出了眼泪。

郭伯伯站起来，激动地说："看，连八九岁的小弟弟、小妹妹都晓得出来抗争救亡了，中国一定会在苦难中迎来自由解放！"

星海叔叔也举起有力的双臂，为我们加油说："孩子们，你们就是中国的春天和希望！我们要一手打倒日本强盗，一手创造崭新的新中国！"

周伯伯还请来一些文化教员，给我们讲戏剧、音乐和科学知识。因为经常停电，我们就围在小小的煤油灯下念书学习。在战火纷飞和艰难困苦的日子里，我们一天天在长大。

此后的日子里，孩子们没有忘记自己的使命，经常到工厂、学校、保育院演出儿童剧，受到当地群众的热烈欢迎。

这些情况，也引起了国民党反动派的嫉恨。他们想和共产党"争夺"孩子剧团。为了不让孩子们继续和八路军交往，他们准备把孩子剧团编入国民党的宣传大队。

紧急关头，吴大哥连夜赶到八路军办事处去报告。八路军办事处的领导们认为，国民党反动派这是在把孩子们往火坑里推呀，坚决不能"合编"！

吴新稼接到上级命令：要赶在明天黎明前，带着孩子们坐船去汉口。如果遇到盘问，就说要给工人们演戏去。

于是，剧团的孩子们马上开始打包行李。在昏暗的街灯下，他们穿过大街小巷，来到江岸码头，坐上了凌晨的小火轮，离开了武汉。

1939年，春暖花开的时候，孩子剧团来到了当时的"陪都"重庆。他们在重庆举办公演，参加了儿童歌咏大会及儿童节等活动。随后，又根据周副主席的指示，不断地到中小城镇和农村去，为农民、工人演出，向工农群众学习。当时，孩子剧团的小团员已经发展到了60多人，分成了两个小队。

他们用了两年的时间，把川东、川南、川西、川北各县都走了一遍，学会了当地老百姓喜闻乐见的打金钱板、耍连箫、唱山歌等表演形式。

1940年秋天，孩子剧团的第二小队从乐山演出完回到了重

庆。那时候，重庆经常受到敌机的侵袭，郭沫若伯伯就在市郊找了一处比较隐蔽的房子，把孩子们接到了那里居住。

孩子们到达时，天色已经黑了。但是他们看到了郭沫若，就像见到了久别的亲人一样，不停地讲述着各自在农村的见闻。

夜深了。因为随身的行李还没有运到，疲惫的孩子们就睡在一个个草垛边和稻草床铺上。郭沫若伯伯怕孩子们着凉了，就拿出自己所有的被子、毯子和衣服，轻轻地盖在疲惫的孩子们的身上。

有一天，吴大哥捧着一顶缀着红五星的灰布军帽，郑重地交给我说："这是你爸爸留下的……"八角军帽上染着血迹。这时我才知道，爸爸已经在前线牺牲了……

"吴大哥，那……我妈妈呢？"

"你妈妈，跟随毛主席、党中央，转战到了延安。"吴大哥给我擦去眼泪，拍着我的肩膀说，"孩子，妈妈正在远方等着你……"

啊，延安！这是无数的抗日志士奔赴的地方，也是我和小伙伴们日夜向往的地方。

这年春天，党中央又派吴大哥护送我和剧团的小伙伴们，一路向北，奔向滚滚的黄河边，奔向了宝塔山下的延安……

小伙伴们都穿上了灰布制服，戴上了缀着红五星的军帽。

黄土高原上的山丹丹，犹如绯红的火焰。我们都已长大，不再是小孩子了。

孩子剧团在国民党占领区活跃了五年之久，在抗日救亡的洪流中，在"红孩子"的光荣历史上，写下了光辉的一页。

孩子剧团的小团员们，如今有的已经去世，有的成了老爷爷、老奶奶。但是，每当回忆起过去在孩子剧团里的生活和战斗情景，他们浑身仍然充满了温暖和力量。他们觉得，敬爱的周伯伯、邓妈妈，还有郭沫若伯伯、星海叔叔、吴新稼大哥、小雅姐姐……永远活在他们的心中！

新安旅行团的故事

*

"努力工作,继续前进,争取民主中国的胜利!"

2021年六一儿童节前夕,5月30日,习近平总书记在百忙之中给淮安市新安小学的少先队员们回信,殷切勉励少先队员们"以英雄模范人物为榜样,从小坚定听党话、跟党走的决心,刻苦学习,树立理想,砥砺品格,增长本领,努力实现德智体美劳全面发展"。习总书记在信中说道:"你们学校是'新安旅行团'的母校","当年,在党的关怀和领导下,'新安旅行团'不怕艰苦,足迹遍及大半个中国,以文艺为武器,唤起民众抗日救亡,宣传党的主张,展现了爱国奋进的精神风貌"。总书记对孩子们的谆谆教导情真意切,催人奋进。

那么,亲爱的少年们,你们是否知道新安旅行团的奋斗故事呢?事情要从1929年6月的一天讲起。

这一天,在江苏淮安的一家会馆门旁,挂上了"新安小学"的牌子。这所学校由著名教育家陶行知先生创办并亲自担任了

第一任校长,后来又由他的学生汪达之接任。

1933年秋天,新安小学的7名小学生,在汪达之校长的帮助下,组成了一个小小的儿童旅行团,从家乡淮安出发,沿途经过镇江、上海等地,一共在外面旅行了50天。他们的目的是到上海研学旅行,实践陶行知先生"生活即教育,社会即学校"的办学理念。

当时,陶行知先生对这个儿童旅行团的做法很是欣赏,特意在上海著文称赞说:"新安儿童自发组织旅行团来沪,不但在中小学演讲,还在大夏、光华、沪江各大学演讲。我向一位大学教授问,小孩子们讲得如何?他说,'几乎把传统教授的饭碗弄得有些不稳',虽然是千古奇闻,但确是铁打的事实。"陶先生是诗人,他还满怀欣喜地写了一首通俗易懂的白话诗,表达他对小学生们的爱国之旅的支持:

一群小光棍,点点有七根;
小的是十岁,大的未结婚。
没有先生带,父母也不在;
谁说小孩小?划分新时代!

同时,他还给自己的学生、新安小学校长汪达之写了一封信,

对这些学生的行为大加称赞,认为其意义重大,值得提倡。

那么,一个小小的儿童旅行团,为什么会如此引人关注和称赞呢?原来,少年们在旅行途中,目睹了外国人随意欺压中国人的情景,对中国现实社会中的种种不平等,有了深刻的体会。在参观工厂时,少年们还亲自动手参加劳动,切身感受到了工人们的艰辛,懂得了劳动创造世界的道理。

为了更好地接受教育和锻炼,少年们走上街头,叫卖爱国进步的报纸,还到一些学校里演讲,向大家宣传爱国救亡的道理。

一时间,这个小小的儿童旅行团参与社会实践的做法,在社会上引起了极大的反响,也使得许多爱国教育人士,包括新安小学校长汪达之重新认识到了良好的社会实践对小学生成长的重要性。

这时候,日寇已经加紧侵华的速度,中国的大地燃烧着战火,再也放不下一张安静的课桌。汪校长觉得,眼下已是国难当头,学生们除了在学校里学习,也应该担当起更多的社会责任,应该走出校门,从校外的各种救亡活动中接受爱国的教育和生活的锻炼!

于是,他决定组织一个规模更大的学生旅行团,到全国更多的地方去参加实践锻炼和宣传爱国救亡的真理。他的这个想法,得到了中共党组织和陶行知、吴耀宗、黄炎培、吴蕴初等

著名教育家与社会贤达的支持和帮助。

　　1935年10月10日，一个以宣传抗日救亡为目的的少年旅行团体——"新安旅行团"，正式成立了。旅行团共有15人，都是新安小学的进步学生，汪校长担任旅行团的顾问。

　　这天清晨，在蒙蒙细雨中，少年们高唱着激昂的《义勇军进行曲》，在人们殷切的嘱托和不舍的送别声中，从新安徒步出发了。

　　15个少年，每人一身单衣、一双草鞋、一把雨伞，加上一个简单的行囊。比较特殊的是，他们还携带着一套电影放映设备和几部抗日题材的黑白无声的电影胶片，另有数十张抗日救亡歌曲的唱片。

　　少年的脚步，响彻在清晨的大地上。这群坚定的少年奋斗者，就此踏上抗日救亡宣传的征途。

　　一路上，他们克服种种艰难困苦，住最简陋的旅店，吃最简单的饭食，不怕辛劳，长途跋涉，身心经受着一次次考验。

　　他们跋涉过的路途，真是又遥远又艰难呢！

　　他们到了上海，深入工厂、学校进行宣传。在鲁迅先生出殡的日子，这群少年神色庄严地加入了出殡仪式上的"万人挽歌队"，用抗战的歌声悼念和送别被誉为"民族魂"的鲁迅先生，也用一阵阵激越的口号，唤醒民众团结起来、救亡图存！

他们还跋涉到了黄河以北的抗日前线绥远（今内蒙古自治区中部），他们用响亮的歌声慰问在那里英勇抗战的将士们。在绥远，他们还为蒙古高原的兄弟民族放映电影，教唱救亡歌曲，宣传全民抗日救国的主张。

那么，有的少年朋友也许会问：这个新安旅行团万里跋涉，他们日常的吃、住问题是怎么解决的呢？

据有的新安旅行团成员后来回忆，他们的日常经费，几乎全部是由旅行团成员的劳动挣来的。比如，他们每到一处就给民众放电影，能得到一点收入。放电影时有个规定：有钱的可以买票，没钱的只要和大家一起多喊几句抗日口号，也可以免费观看。旅行沿途，他们还会帮助报馆和杂志社销售一些宣传抗日、唤醒民众的进步书刊，或者给报刊写一些旅途见闻和通讯报道，多少也有点收入。这些收入，大致维持了旅行团最低的生活费用。

那个时候，在偏远的乡村，一般民众根本不知"电影"为何物，人人都感到新鲜好奇。旅行团每到一处，周边村子的村民也会追着他们"看光景"。当时的一位电影导演蔡楚生先生，称赞这个新安旅行团是"中国电影史上第一个流动放映队"。

汪校长带领少年们到达南京时，有一天，他们去拜访国民党南京市市长马超俊。原本不想接待这些少年的市长，一见面

就蛮横地大声训斥说："你们这些小孩子，不在学校里好好读书，出来跑什么跑啊？"

汪校长冷静地告诉他说："马市长，现在国难当头，还有比读书更重要的事情，需要孩子们去做呀！"马超俊说："好好念书才是他们的本分，赶快带着他们回去吧！"

少年们坚定地回答说："国家兴亡，匹夫有责。抗日救国，比念书更重要！"马超俊又傲慢地说道："你们才多大？抗日救国是你们小孩子能做的吗？瞎掺和什么！"

这时，旅行团里一个名叫徐之光的孩子，站起来义正词严地说道："您说得不对！日本鬼子已经侵占了东北三省，小孩子都成了小亡国奴了，难道不应该出来参加救国救亡活动吗？"其他同学也都纷纷表示："对，我们决不当小亡国奴！"

马超俊被孩子们辩驳得无言以对，只好不耐烦地说："我还有别的事情，不跟你们争辩了，你们最好还是赶紧回去！"这个马市长蛮横的态度，让孩子们进一步认清了国民党反动派假抗日、真投降的嘴脸。不过，他们并不气馁，决心依靠自己微薄的力量，继续前行，决不退缩！

有一天，少年们又一起去拜访著名爱国将领冯玉祥将军。当时，冯玉祥将军因为反对蒋介石"攘外必先安内"、对共产党大耍两面派手段的做法，被蒋介石罢免了兵权，没有什么实

际权力了。

少年们一见到这位赫赫有名的将军,都有点惊奇。因为冯将军穿得非常朴素,土布的棉袄、棉裤,土布的棉鞋,看上去就像一个普通的农民一样,根本不像是一个高级将领。

冯将军请少年们吃饭,饭菜也很简单,不过是大头菜、小米粥和馒头。可是,少年们吃得很高兴。

冯将军说:"小弟弟、小妹妹们,你们是一群有志气的孩子,我从心底里支持你们!唤醒民众,共同抗日,很有必要。你们的困难还很多,但是你们一定要坚持下去,不要放弃!"

到了1938年夏天,日军进攻武汉,保卫大武汉的战斗打响了。新安旅行团得知这一消息后,冒着危险,连夜乘车赶往了武汉。

在八路军驻武汉办事处,正在这里指挥全国抗战的周恩来,用浓浓的淮安乡音对汪达之和少年们说,家乡出了你们这个宣传抗日的儿童团体,我很高兴!要争取最后胜利,你们还要努力工作,希望你们立即投身保卫大武汉的运动!

遵照周伯伯的指示,新安旅行团的少年们和抗敌宣传队、孩子剧团等社团一起,迅速投入到了各种抗日宣传活动之中。他们像先一步来到武汉的孩子剧团的小伙伴们一样,在街头和剧院表演秧歌、舞蹈等节目,受到了爱国群众的热烈欢迎。

这一年，新安旅行团已经成立三周年了。陶行知先生也在百忙之中赶来参加了"新旅"成立三周年的茶话会。他鼓励少年们说："了不起呀！今天，我不是你们的老师，而是你们的学生，我要向你们学习。"陶先生又作了一首诗称赞道：

人从武汉散，他在武汉干。
一群小好汉，保卫大武汉。

这年8月，武汉的抗日形势变得更加危急了。为了保证孩子们的安全，在武汉沦陷前两天，新安旅行团紧急撤离武汉，去往了桂林。

"皖南事变"后，国共关系恶化。汪达之校长成了反动派搜捕的目标，"新旅"的处境变得十分危险。这时候，周恩来做出指示，让"新旅"尽快撤退到共产党领导的苏北抗日根据地去。

1941年春天，这一队小团员们从桂林步行到湛江，从湛江上船，经过了香港、上海，然后进入了苏北抗日根据地。

这一天，天气晴朗。新四军的领导人刘少奇、陈毅骑着马，特地赶到"新旅"的驻地看望学生们。

刘少奇赞扬说："新安旅行团，我们早就听说了，你们走

到今天很不简单。在十分困难的条件下，不辞劳苦，在大半个中国积极奔走，宣传抗日，取得了很大的成绩。等抗战胜利了，历史会给你们记上光辉的一笔的！"

陈毅军长也风趣地说："这样的旅行团，要得嘛！连我都想跟你们一道去做儿童工作呢！我提议，你们除了做好苏北的儿童工作，华中地区也交给你们来做。第一步，先在苏北发展10万儿童！"

从1942年开始，"新旅"就在苏北展开了轰轰烈烈的宣传工作。这时候，全团已经发展到了100多人。除了演戏、唱歌、朗诵，旅行团还编辑出版了《儿童生活》《华中少年》《儿童画报》等进步儿童刊物，培养了许多小作者、小通讯员和小读者。

1945年，日本投降了，艰苦卓绝的14年抗战取得了胜利。在战斗中成长起来的"新旅"的红色少年们，紧接着又投入到了解放战争的行列之中，投入到了祖国需要他们的地方。

1946年5月20日，是新安旅行团的少年们永难忘怀的日子。这一天，毛泽东主席亲笔致信，勉励新安旅行团："努力工作，继续前进，争取民主中国的胜利！"这封信，给这群少年奋斗者带来了极大的鼓舞和更强大的信心。

在后来的解放战争期间，新安旅行团跟随人民解放军解放全中国的步伐，跨过了长江，把红色的秧歌舞扭到了南京城，也把胜利的腰鼓打进了上海……

杨司令和"少年战斗队"

所有人都把鞋子倒过来穿,让脚印指向相反的方向。

抗日战争时期,在我国的东北地区有一支赫赫有名、令日军闻风丧胆的东北抗日联军。"抗联"一路军的司令员,就是大名鼎鼎的抗日英雄杨靖宇将军。

杨将军率领着英勇顽强的东北抗日联军,在气候极其恶劣、缺医缺粮少药的林海雪原上,与日寇浴血奋战多年,让日本侵略者亲眼看到了中国人威武不屈、坚忍不拔、宁死不当亡国奴的民族气节和伟大意志。

在"抗联"的队伍里,还有不少年龄只有十几岁的小战士。这些小战士有的是父母双亡、无家可归的孤儿,有的是被抓去做童工时逃脱出来的"小苦力",还有的是地主家里的小猪倌、小羊倌、小长工。

1938年,杨将军把联军队伍里的小战士们单独组织了起来,经过专门的学习和训练后,成立了一支"少年铁血队"。他们被"抗联"部队亲切地称为杨将军的"少年战斗队"。

这支少年战斗队归属"抗联"一路军司令部直接领导，全队一共有56名小战士，年龄最大的十五六岁，小的只有十一二岁。小战士们每人都配备有一支小马枪和上百发子弹，还有背包、水壶等装备，和所有"抗联"战士的装备一样齐备。

杨将军尽心尽力地关怀着这些少年战士的成长。少年战斗队除了要进行严格的军事训练，还要学习文化知识。杨将军经常亲自给他们讲战斗故事和革命的道理，有时还亲自教小队员们练武、打枪。有的小战士的衣服破了，鞋子露了底子，杨将军会亲手帮他们缝补。小战士们都亲热地叫他"胡子伯伯"。

冬天来临了。寒风呼啸，大雪纷飞，大地白茫茫一片。

随着日军的步步进逼，战士们的战斗环境变得越来越艰苦了！1938年冬天，联军司令部做出一个决定：走出深山老林，跟敌人打几次大仗，缴获一些战利品，作为军用装备的补充。

杨将军派了一位老向导毕大爷，带着少年战斗队到抚松县东北部山区后面建起了一个秘密营地，让小战士们暂时隐蔽起来。小战士们依依不舍地告别了杨将军和大部队，开始了独立的战斗生活。

到达抚松县东北部山区后，少年战斗队做的第一件事，就是搭建自己的秘密营地。

这一天,队员二楞和冬喜下山去买一些粮食和衣物,可过了很长时间他们还没回来。大家正在着急的时候,二楞气喘吁吁地跑来报告:"我们下山后被两个探子发现了,冬喜被他们抓住了,又逼我回来劝大家去投降,怎么办呢?"

"要我们投降?痴心妄想!我们马上就冲下山去,把冬喜救回来。""对,我们打他一仗!让鬼子和汉奸尝一尝少年战斗队的厉害!"小战士们个个摩拳擦掌地说。

队长冷静地说道:"大家不要急躁,我们先听听毕大爷的意见,再想办法。"毕大爷说:"说得是呀,不能下山去硬拼,不应该拿鸡蛋去碰石头,得想一个稳妥的办法。"

队长想了想说:"我倒有个办法,咱们再把二楞派下山去,告诉那两个探子说,山上都是伤病员,没有吃的,也没有药品,队员坚持不住了,愿意投降。等那两个家伙上了山,我们就给他来个将计就计。大家觉得如何?"毕大爷听了点点头说:"这个主意还算稳妥。"

按照这个计策,少年战斗队果然"小试牛刀",打了一个漂亮的伏击战。首战告捷,队员们一个个都很受鼓舞。

可是,两个探子的失踪,引起了山下鬼子们的注意。不久,大队的鬼子进山"扫荡"来了。

少年战斗队不得不离开营地,向长白山深处转移。雪地上

行军，万一日本鬼子跟着雪地上的脚印追上来怎么办？

这时，队长又想出了一个好办法，命令道："所有人都把鞋子倒过来穿，让脚印指向相反的方向。""主意真妙呀！"大家心领神会，都倒穿起了鞋子。

愚蠢的敌人被甩掉了。第三天晚上，山后来了一队人马，原来是杨将军派人来迎接他们了。战斗结束后，杨将军表扬了他们："好哇！你们这一仗打得干净利落！现在我兑现当初的承诺，发给你们一挺轻机枪，好不好？"

小战士们激动地接过了杨将军发给他们的轻机枪。

"战斗队全体队员们，你们还需要什么？"杨将军大声问道。

队员们齐声回答："我们要战斗！"

"好！只要日本鬼子一天没有被赶出中国的土地，我们的战斗，就一天也不会停止！你们在战斗中渐渐长大了，但是，更残酷的战斗还在等待着你们……"

在以后的日子里，这支年轻的红色少年武装，跟随着杨将军，继续南北转战，在茫茫的长白山林海中，和日寇进行了长期的斗争，也在一次次战火中百炼成钢，成长为一个个坚强的抗日战士，直到抗战取得了最后的胜利。

1940年，杨将军在一次作战中不幸被日本鬼子包围了。为了拖住敌人，给部队的突围和转移争取时间，杨将军在冰天雪地、

弹尽粮绝的危急关头，孤身一人，顽强地与日寇周旋了五个昼夜，最后英勇牺牲了。他牺牲后，残忍的日军剖开了他的肚子，发现他的胃里尽是枯草、树皮和棉絮，没有一粒粮食。

杨靖宇殉国时年仅35岁。一直到1950年新中国成立后兴建东北烈士纪念馆时，组织上也尚未弄清楚他的出生地。当时能找到的，只有一张发黄的"杨靖宇履历表"，上面依稀可辨地写着：马尚德，到东北后曾用名杨靖宇……所以，杨将军的后代应该姓马。

后来，一位幸存下来的"抗联"老战士帮助组织确认了，杨将军的老家是河南确山县李湾村。这样，组织上终于在1951年辗转找到了杨将军的后人。而这时，在老家苦苦盼着丈夫归来、盼了整整18年的杨妻张君，已经病故了。

原来，日寇投降后，已重病在身的杨妻张君仍然没有等回自己的丈夫。临终前，她把儿子、儿媳叫到床前，叮嘱说："日本鬼子投降了，你们的爸爸很快就要回来了，可惜我见不到他了，你们见了他一定要告诉他，这些年来全家人都在想着他啊！"

张君去世时年仅40岁。她哪里知道，自己日思夜念的丈夫，早已先她而去，为保卫国家牺牲在东北的林海雪原上了！

老家仅有的一张少年杨靖宇的照片，是他在开封读书时照的。后来一些杨靖宇身穿戎装的图片，都是画家根据战友们对

他的形象的回忆描画出来的。当年，为了保存这张照片，张君曾把它藏在墙缝里，逃难的时候又缝在女儿马锦云的衣服里。今天，这张珍贵的照片，被珍藏在驻马店市杨靖宇将军纪念馆内。

杨靖宇的后代们，都是普通的工人或农民。他们虽然个个都知道自己的祖父或外祖父是一位英雄，但他们从小都牢记着朴素、清正和严格的家风，从上学到工作，从没对周围的人炫耀过他们是杨靖宇的后代。偶尔有身边的同事，通过别的途径知道了真情，会惊讶地说："这么大的事，你们怎么不早说呀？"

"先辈的功绩是我们的骄傲，但不是我们的。我们只有在岗位上好好工作，多为人民服务，才对得起先辈。"杨靖宇的后辈这样说道。

后代们还珍藏着一块桦树皮，作为马家的一件"传家宝"。

那是在1958年2月23日，一个大雪飘飞的日子。杨靖宇的儿子马从云、儿媳方绣云，在心里默默呼唤着父亲的名字，来到了吉林。在白雪皑皑的林海雪原上，他们看到了父亲牺牲时背靠的那棵粗壮、挺拔的松树，远处的山头上还有日军留下的碉堡……

那天，夫妇俩在父亲战斗时牺牲的地方，轻轻地捡起了一块桦树皮，仔细地包好，带回了老家，放在家里一个柜子里，永久地收藏了起来。有时，方绣云会被附近学校请去给孩子们

讲故事，方绣云也会小心翼翼地拿出这块桦树皮，带给孩子们看看，好让他们懂得应该怎样珍惜今天来之不易的幸福生活。

马从云、方绣云夫妇还时常告诫子女们：绝对不允许以抗日英雄的后代为借口，向组织提任何要求。方绣云说："爷爷是爷爷，你们是你们。不能张扬，低调做人。"他们的一个儿媳妇王晓芳，嫁到马家一年多以后才知道自己的丈夫是赫赫有名的抗日英雄的后代。

火焰一样的山丹丹

———— * ————

在这些小战士走过的地方，火红的山丹丹开得更加艳丽……

生长在陕北黄土高原上的山丹丹，富有顽强的生命力，无论多么瘠薄的土地，无论多么干旱的环境，哪怕是在岩石的缝隙里，它都能够坚强地扎根、生长，开出火焰一样的花朵。

"红军少年先锋队"，是土地革命时期活跃在陕北黄土高原上的一支英勇的少年武装力量。这群红色少年在党的领导下，跟随工农红军转战陕甘，发动群众，宣传革命，深得当地乡亲们的爱护和夸赞。这个英雄的少年组织也被人们誉为"火焰一样的山丹丹"。

1931年冬天，一个大雪纷飞的日子里，刘志丹率领的一支红军游击队，正在陕甘交界的桥山执行任务。

雪已经下了几天，山川白茫茫的一片。刘志丹正带领队伍走下一座山，突然发现雪地里躺着两个孩子。他急忙跑过去摸了摸，又趴在一个孩子的胸口上听了听，然后向后摆摆手说："还

有救呢！"说着，他解开老羊皮大衣，把一个冻僵了的孩子暖在了怀里。

经过刘志丹和游击队员们的抢救，两个孩子苏醒了。刘志丹一问，才知道那个胖墩墩的少年叫王有福，15岁，是给地主家放羊的小羊倌；那个黑瘦的少年，名叫赵玉杰，是个"小叫花子"，因为爱蹦爱跳，外号叫"跳蚤"。两个少年相约一起从地主家逃了出来，拿着半张革命传单，要到山里寻找"穷人的队伍"，不料，却遇到了漫天大雪……

幸好，他们碰上了刘志丹率领的红军队伍。从此，王有福和赵玉杰就跟着红军游击队，参加了革命。

后来，又有一些穷孩子，在两个少年的鼓动下，陆续来到了红军队伍里。他们大都十三四岁，最小的小柱子只有11岁。

有一次，游击队接到紧急任务，正准备出发的时候，突然，从队伍尾部传来了一声"立正"的口令，原来这是王有福和他的小队。他们整齐地站在队伍的排尾，一个个双脚并拢，胸脯挺起，神气十足地注视着前方。

列队报数完毕后，王有福跑到刘志丹面前立正敬礼，大声报告："王有福小队应到11人，实到11人，一个不少！"

刘志丹望着这些神色坚定的孩子，和红军队伍的另一位领导人谢子长交换了一下眼色，说："好吧，等指挥部讨论一下，

我们正式成立一个娃娃班！"

果然，第二天，娃娃班就正式成立了，王有福被选为班长。刘志丹还给他们派来了一位名叫边德荣的叔叔，担任娃娃班的指导员。

边德荣是陕西耀县（现铜川市耀州区）交王村人，也是一位勇敢的游击队员。参加革命后，他曾经担任过陕甘边骑兵连连长。可惜的是，1936年他在一次激烈的战斗中英勇牺牲了。

边德荣来到娃娃班之后，每天带着少年们进行军事训练，还教他们唱歌，给他们讲革命故事，很受少年们敬佩和信任。

有一天晚上，大部队驻扎在艾蒿洼这个小村里，娃娃班驻扎在离艾蒿洼二里多路的另一个小村里。夜正深沉，孩子们都在酣睡，突然，从艾蒿洼那边传来了一阵阵枪声。

机警的王有福一骨碌爬了起来，赶紧叫醒了大家。

等到小伙伴们提起小马枪、梭镖、大刀跑出村，登上高高的崖畔一看，黑压压的敌兵，正在机枪的掩护下，向艾蒿洼村不断发动进攻，不用说，大部队的处境十分危险。

王有福果断地给小伙伴们下了命令：狠狠地打！拖住敌人，好让大部队有突围的时间。

于是，一场激烈的战斗开始了。这股敌兵，是陕北有名的大土豪张廷芝的队伍。他们万万没有想到，在他们背后的石崖

顶上，会突然出现一支小小的游击队。

小游击队员们这一仗打得十分及时和漂亮，不仅给被围困的大部队解了围，也狠狠地打击了张廷芝这条"地头蛇"的嚣张气焰。

1932年2月22日这天，在甘肃省正宁县三嘉塬的一个操场上，中国工农红军陕甘游击支队授旗典礼大会隆重召开。

会上，游击队总指挥谢子长宣布：王有福和他的娃娃班，正式改名为"红军少年先锋队"！

刘志丹亲手把一面绣着"中国工农红军陕甘游击支队少年先锋队"的红旗，授给了队长王有福。

在鲜艳的旗帜下，王有福和他的队员们庄严宣誓：为了中国人民的解放事业，要紧跟着红军队伍，永远向前，革命到底！

红军少年先锋队成立后，跟随着红军游击队，转战在陕甘宁边区的黄土高原上，学文化、学军事，宣传革命，就像一朵朵火红的山丹丹花，迎风怒放；又如一团团在黑夜里燃烧的火焰，给苦难的年月带来了光明和温暖。

随着革命形势的发展，红军游击队不断得到扩大，红军队伍的每一个军下面，都有几个团，每个团里都设置了一个"少先队"或"先锋连"。

到了1935年秋天，红军少年先锋队队员已经发展到了

二三百人，成为红军队伍中的一支活跃的战斗力量。

  1935年10月，毛泽东率领的中央红军到达了陕北高原上。转战陕北的红十五军团，全力配合中央红军，在直罗镇打了一场震惊中外的大胜仗！

  直罗镇战役发起当天，战斗异常激烈。红军队伍向敌人猛扑，决心攻下直罗镇。敌人负隅顽抗，以猛烈的火力，密集的机枪子弹，阻挡红军前进，许多红军战士中弹牺牲。

  这时候，在一处山梁上，有12名少年先锋队员，正在紧张地注视着这场战斗。看见许多英勇的红军战士倒在了敌人的枪口下，小队员们焦虑万分。

  为了干扰敌人，降低敌人机枪火力的威胁，小柱子想出了一个主意。他和少年先锋队的队员们用干粮袋和衣裳包了很多松散的黄土，悄悄地从山头绕到了敌人背后。

  当时，大风刮得很紧，小柱子和队员们居高临下，不停地向敌人阵地上抛洒尘土，敌人顿时被迷得睁不开眼睛。趁此机会，小队员们向敌人扔出了几枚手榴弹，炸得敌人阵势大乱。下面的红军战士见状，趁机攻上山梁，一鼓作气，拔掉了敌人的机枪火力点。

  敌人边打边退，最后落荒而逃。可是，12名少年先锋队队员却不幸落入了敌人的魔爪之中。

气急败坏的敌人把12位小战士押送到了师部接受审问。

一个敌军军官恶狠狠地问道:"你们是什么人?"

"干革命的!"

"打反动派的!"

两个小队员义正词严地回答道。

"好大的气焰!你叫什么名字?"敌军军官又问道。

"我叫红军战士。"小柱子毫不畏惧地回答道。

敌军觉得这样问下去,肯定问不出什么名堂的,就改变了脸色,用好话利诱小队员说:"你们一定知道包围我们的红军有多少人。如果从实说来,我会重重有赏的!"

"呸!谁稀罕!"小柱子不屑地说。

"那要怎么样你才说?"敌军军官继续追问。

"给我竹板,我就说。"小柱子说。原来,小柱子在少年先锋队里喜欢打竹板。

"这里没有竹板,我用马刀敲击枪杆,你快说。"长着一对"猫头鹰眼"的敌军军官以为有点希望,就赶紧敲出了一个节奏。

只听小柱子和着节奏,声声说道:

猫头鹰眼,先别转,

包围你的红军你看不见!

满西北，遍江南，

人数好有几万万。

……

后面的小伙伴听了，也都跟着小柱子，大声地说起了快板。

"猫头鹰眼"军官气得暴跳如雷，大声吩咐手下："给我去挖一个大坑！我看他们是不想活命了！"

小柱子和他的伙伴们却一点也不畏惧，继续说着快板：

同志们，别难受，

红彤彤的太阳在前头。

站好队，齐步走，

我们少年先锋队，

不怕活埋，不怕杀头，

永远跟着共产党，

向前走呵，向前走！

可是，没等小柱子说完，穷凶极恶的敌人就对他下了毒手，坚强的小柱子倒在了敌人罪恶的屠刀之下！

杀害了小柱子，敌人觉得还不解恨，又丧心病狂地把另外

11位少年先锋队队员也残忍地杀害了。

这些坚贞不屈的小战士,这些在红军队伍里成长起来的少年先锋队队员,宁愿牺牲自己年轻的生命,也没有向敌人吐露半点红军的机密。

全民族抗战爆发后,英雄的少年先锋队队员们,高举着鲜艳的红旗,高唱着《中国少年先锋队歌》,就像一支小小的、一往无前的铁流,继续奔赴到了如火如荼的抗日战场,向着中国人民的解放事业所期待着他们的地方,大踏步地走去!在这些小战士走过的地方,火红的山丹丹开得更加艳丽、更加热烈。

"朱德儿童团"

※

战斗与学习缺一不可!

在高高的太行山下,有个偏僻的小山村叫王家峪。1937年7月,全民族抗日战争爆发后,中国共产党向全国人民发出了伟大的号召:只有全民族实行抗战,才是我们的出路!全中国人民,包括青年学生,都应该团结起来,筑成中华民族坚固的长城。

当时,王家峪村把所有的大人、孩子都组织了起来。1938年5月初,王家峪村儿童团也宣告成立了。儿童团选举张俊秀为团长。50多名儿童团员分成了4个小队,每小队有13人。这些"红孩子"个个都佩戴着儿童团臂章,在红旗下庄严举手宣誓,响亮地呼喊:"时刻准备着!"

儿童团一成立,就在太行山下开展了各种活动:站岗、放哨、查路条、送信、带路、送情报、搞宣传等。哪里有抗日的人群,哪里就能看到这些"红孩子"活跃的身影。

那时候,因为日寇的封锁,太行山区的八路军和老百姓的

生活十分艰辛，缺衣少粮，生活日用品更是短缺。孩子们要上学念书，只好自己动手，上山找一些石条、石片当石笔、石板用。没有印书的纸，他们就把能够找到的各种旧书利用起来，油印成《抗日小学校读本》《算术进阶》等。在这样艰苦的条件下，儿童团团员们学习起来仍然那么认真、用功。

儿童团团员们不仅学习非常用功，军事本领也十分过硬。有一次，在全武乡东部山区儿童团操练、防空大检阅中，王家峪儿童团的操练、防空都获得了第一名。县教育科科长武叔叔把一面锦旗和两把亮闪闪的大砍刀奖励给了王家峪儿童团。

从此，孩子们就把这两把大砍刀当成了勇敢、光荣的象征。每次派谁执行任务时，谁就会挎上砍刀，威风凛凛的样子就像一个小小的武工队员。

那时候，朱德总司令、左权将军，经常来教儿童团唱歌：

工农兵学商，大家想一想，
战后的新中国，将是什么样？
有饭大家吃，有福大家享，
安居又乐业，生活有保障，
新中国的主人翁由我们当，
新中国的主人翁由我们当！

朱德总司令还给王家峪儿童团的"红孩子"们题了词：战斗与学习缺一不可！

1941年6月的一天深夜，左权将军做完了一天的工作，刚刚和衣躺下，忽然，一阵响亮的雷声把他惊醒了。

他跳下床，打开窗户，借着闪电的光亮一看，瓢泼般的暴雨正在倾泻，不一会儿，院子里的积水就白茫茫一片了。

左权将军急忙关上窗户，打开门，连裤腿也没顾得挽，就往外跑。警卫员看见了，赶忙阻拦说："参谋长，下这么大的雨，出去危险呀！"

暴风雨中却传来了将军坚定的回音："这样大的暴雨，老乡家里更危险啊！"他顾不得水深路滑，直奔住在附近的可能出危险的那几户老乡家去了。

他刚迈进邢小女家的门槛，就听见了孩子哭、大人叫。原来，雨水已淹没了邢小女家的土炕，被褥什么的都浸在了水里。两个孩子瑟缩在炕头边，搂着妈妈的脖子大哭着。

左权将军见状，二话没说，大步跨过去，抱起了两个小孩，又拖着邢小女，急急忙忙往外冲。刚冲出院子，那间小草房就"扑通"一声塌倒了一堵墙。邢小女望着左权将军，嘴唇颤抖着说："多亏首长救命啊！要不是首长来了，俺娘儿仨就砸死在屋里啦！"

左权将军迅速把她们娘儿仨安置好，又奔向另外几家去了。

这天夜里，他忙了整整一宿。

谁能想到，仅仅不到一年，1942年5月，噩耗传来：长期和朱德总司令一起指挥英勇的八路军作战的左权将军，在战斗中牺牲了！

噩耗传到了王家峪村，乡亲们和儿童团团员们都难过得放声大哭起来。有一个儿童团团员，抱着一盆盛开的石榴花，哭着对小伙伴们讲述了这样一件事："左权将军最喜欢这盆石榴花。有一次他从前线回来，看见少了这盆花，就问俺娘石榴花哪里去了。俺马上跑进屋里把石榴花搬了出来，左权将军把它放在花丛中间，每天早晨坐在它跟前看书，有时还小声唱起当地的民歌：'石榴开花满枝红，二十青年去当兵，第一杯茶，敬我的妈，儿去当兵别牵挂。'还有一次，他对俺娘说，他很想念自己的母亲，自从1924年离开她老人家后，至今再没见过面。他多想回家看看老母亲啊！可现在，中华民族正处在危急的关头，家仇国恨装在每一个中国人心上，所以，他暂时还不能回家看望母亲，只能等有一天用抗日战争的胜利去报答母亲对他的养育和培养了……左权将军的一番话，说得俺娘直抹眼泪。"

在纪念左权将军的追悼会上，孩子们把这盆鲜红的石榴花摆放在将军画像前，以表达全体儿童团团员的哀思。

当老村长流着热泪讲述了左权将军牺牲的经过之后，儿童

团团员们带头高呼着响亮的口号：

"继承左权将军的遗志，抗战到底！"

"不消灭日寇，誓不罢休！"

"我们宣誓，我们一定要报仇！"

有的年龄稍大一点的儿童团团员，还跳上台去当场请战：

"为左权将军报仇雪恨！我报名参加八路军！"

"我也报名！"

"还有我！"

台上台下群情激昂，复仇的火焰在每个人的心中燃烧。

当时，许多年龄大一点的儿童团团员都报名当了八路军战士。

1942年秋天，日本鬼子加紧了对太行山区的"扫荡"。这一天，儿童团团员李克元和两个小伙伴正在落风坪顶放哨，突然发现了来"扫荡"的敌人。小克元为了保护乡亲们的安全，就故意大声地弄出动静，把鬼子吸引到了自己这边。

他被鬼子抓住了。鬼子问他八路军藏在什么地方，他一声不吭，牢记着儿童团的誓约："严守秘密，宁可死，也不暴露八路军！"

最后，鬼子用刺刀逼迫着让他带路。他不动声色地把鬼子引进了八路军的埋伏圈。

鬼子伤亡惨重，小克元也因此被残忍地杀害了。

当时，李克元只有 16 岁。他就像一棵小小的青松，永远地挺立在高高的太行山上！

为了表彰王家峪儿童团在抗日战争中表现出的英勇无畏的精神，区公所授予了儿童团一个光荣的名字："朱德儿童团"。

从此，"朱德儿童团"的"红孩子"们，就像一支支响箭，所向披靡地活跃在家乡的万山丛中，使日本鬼子、汉奸和伪军一听到这个名字就闻风丧胆。

后来，"朱德儿童团"的一批批团员，都相继参加了抗日战争的大反攻，参加了解放家乡周围各县的战斗，然后南下参加了著名的上党战役，和乡亲们一起迎来了抗战最后的胜利。

"朱德儿童团"，这个光荣和响亮的名字，永远铭刻在一代代红色少年们的记忆里。

"石榴花行动"

*

她的名字永远在人们的记忆里。

1945年,漫长的抗日战争终于结束了,万恶的日本法西斯投降了,中国人民迎来了艰苦卓绝的抗战的胜利。

然而不久,国民党反动派就发动了对共产党的全面"内战"。国统区的人民生活在贫穷和苦难的煎熬中,许多孩子都吃不饱、穿不暖,更谈不上进学校读书。黑暗的社会现实引起了全国人民的强烈反对,反内战、反饥饿、反压迫的浪潮一浪高过一浪。

1946年2月16日,一份面向少年儿童们的报纸《新少年报》在上海诞生了。这是战斗在上海的几位年轻的地下党员,在地下党组织的领导下,克服重重困难,为孩子们创办的一份播撒光明,传递真理、和平与进步声音的儿童报纸。

《新少年报》一出版,就受到了小读者们的欢迎。《咪咪姐姐》《哈哈大王》《小孙周游列国》等有趣的栏目,深受孩子们的喜欢。报纸上也用童话故事连载等形式,反映社会现实生活,揭露了

国民党反动派的丑恶面目。

小小的报纸版面上，除了时事、知识、文艺版，还开辟有少年园地版，鼓励小读者们投稿、通信，同时也发展了许多小记者、小通讯员、小发行员等，在孩子们中间开展了做"小先生"、访贫问苦、助人为乐和取名为"石榴花行动"的多种形式的课外活动，使小读者们更深刻和全面地了解国际、国内形势以及各种社会问题。

有一天，《新少年报》主持《咪咪姐姐》的编辑大姐姐吴芸红，把一些向往进步的"红色少年"邀请到一起，随后关上大门，拉好窗帘，还派了另外几个少年在弄堂口"望风"。

正当少年们面面相觑、有点纳闷儿的时候，吴芸红姐姐轻声说："经过考察，今晚，组织上决定让你们这些进步少年去看一场红色电影，请告诉我，你们能够严守秘密吗？"

"能！当然能！"少年们不约而同地大声说道。

"嘘——"吴芸红姐姐赶紧把手指竖在嘴唇边，警惕地朝窗外张望了一下，看到没有什么异常，才露出笑容，告诉大家说："今晚，我们要看的是一部讲述苏联女英雄的电影《丹娘》。"

夜色降临后，为了不引起反动派的怀疑，少年们假装互相都不认识，分头进入了大戏院。戏院里满满当当地坐了四五百人，都是上海市地下学生组织的进步少年们。少年们一个个神色镇

定,齐刷刷地坐在小板凳上。

当电影放映到女英雄丹娘被德国法西斯送上了绞刑架时,许多少年再也控制不住自己的情绪,泪水扑簌簌地滚落了下来。

这时,不知是谁高喊了一声:"打倒法西斯!打倒国民党反动派!解放全中国!"顿时,整个戏院里群情激昂,少年们都站起来振臂高呼着口号,表达了渴望光明的心声,也显示出一种青春和正义的力量。

那么,什么是"石榴花行动"呢?原来,1948年1月1日,第60期《新少年报》在头版刊登了这样一条坏消息:近几日来,天气转冷,大雪以后滴水成冰,马路旁的流浪者、难民,每天都有死的可能,真是悲惨透了……

同时,头版上还刊登出了一条好消息:中国儿童少年基金会配给本报奶粉数桶,本报通讯员认为,应该尽快把这批奶粉送到贫寒的小流浪者和孤儿们手上……

消息刊发的当天,几千份《新少年报》就免费分发到了街头。那些流落在街头的、衣衫褴褛的小流浪儿和穷苦孩子,看到了这条好消息,都赤着脚奔走相告,一传十、十传百地传开了。

《新少年报》报社的编辑们经过商量,决定把这个分送奶粉的行动命名为"石榴花行动"。于是,在接下来的一期《新少年报》头版上,又刊登了这样一条报道:"石榴花是本报连

环画中一个美丽的故事,这故事说的是一个名叫石榴花的姑娘,到处帮助好人,杀灭坏人,为了使大家幸福生活,她从不怕牺牲自己,因此她的名字永远在人们的记忆里。本报通讯员是喜爱石榴花的,深深感到石榴花所未完成的工作还有很多很多,这些工作要新一代石榴花来继承。"

于是,《新少年报》又向小读者们发出了一个号召:"石榴花开遍上海,本报奶粉助贫寒,少年英雄齐出力。"

就这样,轰轰烈烈、救苦救难的"石榴花行动"开展起来了。

《新少年报》报社分配到的几桶奶粉,每桶奶粉有一百多公斤,报社的大哥哥、大姐姐和小通讯员们把它们分装成一小袋一小袋的,每袋大约有一公斤重,然后又和一百多名"石榴花"小读者一起,分头来到南码头、十六铺、火车站、曹家渡、徐家汇等地方,把奶粉分发给贫寒、饥饿的孩子们。

当时,有一位妈妈住在一间破败的茅草棚里,自己饿得骨瘦如柴,怀里的婴儿还在吮吸着她干瘪的乳房。就在小孩子饿得不停啼哭的时候,救命的奶粉送到了。这位妈妈感动得"扑通"一声跪倒在地,对报社派来雪中送炭的"石榴花"千恩万谢……

"石榴花行动"不仅帮助一些苦孩子度过了暂时的饥饿,也使身为小记者、小通讯员、小读者的"石榴花"们,近距离地接触了社会现实,看到了国民党反动派全面"内战"给人民

带来的苦难和不幸。

后来,"石榴花行动"的影响面越来越大,行动的范围也越来越宽泛。"石榴花"们不仅派送奶粉,也募集了许多棉衣并将其派发给那些贫穷的人家。小"石榴花"们还回家打碎了自己的储蓄罐,把硬币集中起来,买成面包等食品,送给那些没饭吃的街头流浪儿。还有的小读者,在"石榴花行动"的启发和感召下,纷纷捐献出自己的书籍、本子等学习用品,送给贫穷的小伙伴们。

"石榴花行动"使《新少年报》赢得了更多家长和孩子的信任、拥护和喜爱,每期报纸临近出刊的前夕,许多孩子和家庭都热切盼望着邮差能早早把报纸送到。

那时候,报社的大哥哥、大姐姐经常手把手地培养和帮助一些"红孩子"的成长,吸收一些渴望进步的孩子加入地下少先队组织。

1949年4月的一天,报社的4名小记者悄悄走进了另一个小伙伴的家里。5个人围坐在桌子周围,每人面前都摊开了一本语文书,好像正在复习功课的样子。这是为了防止国民党特务突然闯进来检查。

不一会儿,报社的吴芸红姐姐悄悄推开门,闪了进来。坐定后,吴姐姐首先问道:"请告诉我,你们为什么要参加少年

先锋队？"

"为了打倒国民党反动派，让穷人有饭吃、有衣穿，使广大劳动人民都过上好日子！"

吴姐姐满意地点了点头，继续问道："干革命就得有牺牲，你们怕不怕？"

大家异口同声地回答："不怕，不怕，怕死就不会来参加。"

接着，一个让少年们期待的时刻到来了！5名少年在吴芸红大姐姐的主持下，完成了庄严的入队宣誓仪式。

他们拿出事先准备好的一条红被面，代替红旗挂在墙上，然后5个人站成一排，举起右手，跟着吴姐姐庄严宣誓："我志愿加入中国少年先锋队，决心同国民党反动派斗争到底，为祖国的解放事业贡献出自己的一切力量。我一定严守秘密，遵守纪律……"

向往真理和光明的少年们，把《新少年报》当成了自己的知心朋友和引路人。可是，国民党反动派却对这份小小的报纸十分惧怕，想方设法地阻挠报纸的出版、发行。《新少年报》出到第98期的时候，曾经刊出一则命题征文启事："假如我是……"

当时，有一位小通讯员拿起笔来，写了一首《假如我是匕首》的小诗送到了报社。小通讯员在诗里抒发了自己对黑暗的

社会现实的不满和愤怒，表达了自己向往美好幸福生活的心愿。

可是，一直到报纸该出第100期的时间了，那首小诗也没有刊登出来，而且迟迟不见有报纸送来。这位小通讯员焦急地盼了好几天，总算盼到了邮局寄来了一期报纸。

这一天是1948年12月2日。这期报纸的头版头条，赫然刊登着编辑部写给小读者的一封告别信——《暂别了，朋友！》。信上写道："暂别了，朋友！我们被迫地、痛心地和各位暂别……编辑们卖掉了纪念戒指，当去了冬季大衣，凑了一笔钱来创办这张属于少年的报纸。我们在极端艰苦的条件下工作。大家都说：为了国家的未来，应该牺牲自己。但是我们被迫停刊了！……"

"我们不要为离别而悲伤，相信黑暗定会过去，光明是属于大家的。"

"希望你们认清道路，努力上进，在不远的未来，我们一定会再见的。"

"让我们为未来的再见努力吧！"

原来，《新少年报》被国民党当局查禁了！反动派还通过教育部门下文给一些中小学校说《新少年报》"系共产党少年先锋队所办，专煽动青年反抗政府"，"应予以禁止推销阅读！"等。

就在这第100期的报纸上，那位小通讯员的《假如我是匕首》刊登出来了。诗中写道："假如我是匕首，誓以我自己锐利的钢刃，剁碎那贪官污吏和野心家的，深褐色的心！"原来，正是那些有着"深褐色的心"的反动派，亲手扼杀了少年儿童们的知心朋友《新少年报》。

那位小通讯员当时住在浦东，看到这最后一期报纸后，就立即坐上舢板，冒着寒风大浪渡江到了报社。可是，报社的屋子还在，里面却已经空空的了。

"大哥哥、大姐姐，你们在哪里？我需要你们啊！《新少年报》，我们需要你啊！"这位小通讯员难过地在心里呼喊着。

不过，反动派查禁得了《新少年报》，却永远也查禁不了《新少年报》播撒在千万个孩子心中的追求真理和向往光明的火种！

不久，一本名为《青鸟》的儿童刊物，刊载着和《新少年报》一样风格的讽刺和抨击黑暗社会的诗歌、童话、故事等作品，又悄悄地送到了小读者们的手中……

刊物上的题花、插图、故事风格，每一个读过《新少年报》的孩子只要看一眼就会明白，这是《新少年报》又回到了他们身边！

原来，这本《青鸟》，正是《新少年报》的大哥哥、大姐

姐们悄悄创办的。许多《新少年报》的小通讯员立即就认出了，《青鸟》就是《新少年报》的化身。《新少年报》虽然被查禁了，但是它又以象征光明使者的"青鸟"形象，飞回到了孩子们中间，给孩子们送来了新中国的春天即将来临的喜讯和"黎明的通知"。

红色小歌仙

———— ✻ ————

呜咽的江水，好像母亲一样，在轻轻呼唤着女儿的名字……

    1928年，张锦辉才13岁。这一年，共产党领导着穷苦农民，在她的家乡福建省永定县金砂乡举行了武装暴动，建立了农民自己的"苏维埃政府"。小锦辉和几个小伙伴一起，报名参加了共产主义儿童团和苏维埃政府领导的宣传队。

    第二年，中国工农红军队伍来到了她的家乡闽西。小锦辉作为一名宣传队员，跟着宣传队四处奔波，走遍了家乡的山山岭岭。宣传队到了哪里，哪里就有小锦辉的百灵鸟似的歌声。

    小锦辉从小就有一副亮丽的好嗓子，最喜欢唱家乡的山歌。乡亲们常常隔几道山就能听见她的歌声。为了号召群众参加革命、参加红军，小锦辉用乡亲们喜欢听的山歌曲调，编成了一支《十劝歌》，动员家乡的小哥哥们参加红军。

    一劝哥，莫念家，

哥当红军妹当家。
穿起军衣拿枪弹,
放下锄头和犁耙。

二劝哥,莫念家,
家中一切休管它。
一心一意参军去,
消灭白匪好大家。
……

  山村里的年轻人亲眼看到和感受到了,共产党领导的工农红军是为老百姓打天下的队伍,加之这些山歌的鼓动,很多人都报名加入了红军队伍。人们看到小锦辉的歌声有这么大的力量,都管她叫"红色小歌仙"。
  1930年早春时节,张锦辉跟随宣传队来到与白匪军占据的地方交界的西洋坪村,开展宣传工作。村里的人听说"红色小歌仙"来了,连很少出门的老婆婆,都拄着拐棍出来听她唱歌。张锦辉清了清嗓子,用清脆的嗓音高声唱起了一首《救穷歌》:

头一冤枉是工农,

穿件衣衫补千重。
三餐不离番薯饭,
住间屋子尽窑窿。

土豪放债剥削你,
还有劣绅欺负你,
有钱无理变有理,
有理无钱谁理你?

穷苦的乡亲们听了她的歌,都不住地点着头。通过这些朴素的山歌,张锦辉和宣传队员们把革命的火种播撒在了穷乡僻壤。革命的道理也像熊熊的篝火一样,照亮了大家的心。

当天夜里,张锦辉和区苏维埃主席等被热心的乡亲留了下来。晚上,他们继续给乡亲们讲述红军的故事和革命的道理。

不料,村里有一个暗藏的坏蛋跑去告了密,白匪军二三百人连夜包围了西洋坪村。张锦辉和区苏维埃主席等人不幸被捕了。

敌人对她的歌声害怕极了,用尽办法折磨她和利诱她,妄想使她屈服。敌人的一个团长亲自审讯她:"小丫头,听说你的山歌唱得不错,给我们唱一支吧?"

"哼！我的山歌是唱给穷人听的，决不唱给坏蛋听！"张锦辉响亮地回答说。

"那么，只要你说出红军和赤卫队在什么地方，我们就送你到大城市去学习唱歌，过好日子！"

"呸！要我说出红军在哪里，真是白日做梦！"

敌人碰了一鼻子灰，就想来点硬的，摆出了各种刑具，威吓张锦辉说："你小小年纪，就不怕这皮肉之苦吗？"

张锦辉大义凛然，怒斥道："你一双狗眼不识人，这些东西只能吓唬吓唬软骨头！"

敌人气得咆哮道："嘿，小共产党！难道你就不怕死吗！"

张锦辉冷笑道："怕死？怕死我就不闹革命了！告诉你们，就是上刀山下火海，我也决不皱皱眉头！"

凶残的敌人对张锦辉审讯了三天三夜，但是张锦辉英勇不屈，一个字也没说。疯狂的敌人无计可施，就把张锦辉押到了刑场上。

1930年农历四月十八日，正是当地逢集赶圩的日子。小小的集镇上人来人往。反动派要对小锦辉下毒手了！

只见小姑娘昂首挺胸，视死如归，高声唱起了《国际歌》。圩场上的乡亲们见此情景，许多人都掉下了眼泪。唱完《国际歌》，张锦辉面对着流着眼泪的乡亲们，又唱起了家乡的山歌：

扛起红旗呼呼响,

工农红军有力量。

共产党万年坐天下,

反动派日子不久长。

……

  清脆的歌声吸引来更多的乡亲,大家越围越多。张锦辉唱了一首又一首,响亮的歌声深深地打动了乡亲们的心。敌人被她的歌声吓破了胆,对着手无寸铁的小姑娘举起了枪。

  张锦辉高声喊出了最后的口号:"中国共产党万岁!红军万岁!"然后倒在了血泊之中,倒在她的家乡汀江旁边的一棵大松树下。

  这一年,她才只有 15 岁。"红色小歌仙"英勇地牺牲了。呜咽的江水,好像母亲一样,在轻轻呼唤着女儿的名字……

桃树沟的记忆

———— * ————

英雄少年和乡亲们的鲜血，染红了桃树沟的石头和河水……

在河北省顺平县野场村里，矗立着一座纪念亭，亭子里有一块纪念碑，上面镌刻着"抗日小英雄王璞纪念碑"几个闪光的大字。

高高的纪念碑上，铭刻着一个少年奋斗者的故事。

王璞的家里很穷，靠租种地主的二亩半地过活。每年交完租子后，剩不了多少粮食，一家人吃了上顿没下顿，到春荒时就只能靠挖野菜、剥树皮度日了。

1937年，全面抗日战争爆发后，共产党领导的八路军队伍来到了王璞的家乡。村里的人都在奔走相告：八路军来了，老百姓的日子可有指望了，小鬼子的气焰要彻底地灭一灭了！

王璞高兴地跟在大人们后面，好奇地问道："八路军是干啥的呀？"爹告诉他说："八路军是专门来打日本鬼子的，跟咱老百姓是一家人。"王璞兴奋地跳起来："太好了，八路军

叔叔要早点来呀！"

没过几天，身穿灰布军装的八路军队伍进了村庄。八路军一来，就对老百姓讲开了抗日救亡的道理，村里人个个喜气洋洋的。

这一天，村里正在召开群众大会，王璞顾不上吃饭，就和几个少年伙伴一起，跑到谷场上去看八路军叔叔。

会场上人真多啊！王璞人小，挤不到前面去，只能从人缝中往里看。他看见，有一位穿着灰布军装的八路军干部，正站在台上讲着话，声音是那么洪亮有力："乡亲们，只要我们团结起来，共同抗日，就一定能把日本帝国主义赶出中国去！胜利一定会到来的！"

八路军叔叔的话，句句说在王璞的心坎上。他也很想当八路军，上前线去打鬼子。于是，王璞有事没事就去八路军驻地问这问那的，很快就和一个十来岁的小号兵混熟了。

小号兵吹得一手响亮的军号，王璞是多么羡慕他啊！小号兵是参加革命多年的"老战士"了，他对王璞和一帮少年说："来，我教你们唱歌好吗？"少年们高兴地跟着小号兵唱了起来：

风在吼，马在叫，
黄河在咆哮！

黄河在咆哮！

河西山冈万丈高，

河东河北高粱熟了。

万山丛中抗日英雄真不少，

青纱帐里游击健儿逞英豪。

……

一曲唱罢，王璞忍不住小声问道："像我们这个年龄的，也能抗日吗？"小号手笑着回答说："怎么不能？当然也能啊！抗日不分年龄大小，就像现在我们一起唱抗日歌曲，也是一种抗日的表现呀！"

王璞笑着点了点头，心中有数了。不久，他被小伙伴们选为村里的儿童团团长。从此，他经常扛着红缨枪，在村头和路口站岗放哨，有时也给八路军和武工队的叔叔们送信、带路。八路军在前方打了胜仗，他就带领着儿童团团员们给群众表演节目，宣传胜利的消息，鼓舞乡亲们的抗日斗志和信念。

有一天，刚刚吃过早饭，王璞带上一个儿童团员，来到村口站岗放哨。他俩背着红缨枪，分头攀到两棵大树上，躲藏在密密的树枝间，警惕地观察着远处的动静。

不一会儿，从大路上走来一个陌生人。只见那个人一路上

东张西望的,好像在防备着什么,越走越近。

王璞小声对伙伴说:"盯住那个人,他的样子不像是自己人!"说完,两人哧溜一下从树上跳了下来。

不过,眨眼之间,那人却从他们眼皮底下消失了。

"怎么回事啊?难道是看花眼了?不可能呀,一定有问题!"王璞说,"快,我们从后面包抄过去看看。"

王璞拉着伙伴从旁边的小山坡跑了上去。仔细搜寻一番之后,他们发现刚才那个人已经下到一条山沟里,正一边走一边哼着小曲。王璞和伙伴快速向那人跑过去,一前一后堵住了他。

王璞厉声喊道:"站住!"那人先是吓了一跳,赶紧举起了双手,然后转身一看,见是两个小孩,马上又恢复了常态。

"你是干什么的?"

"过路……过路的,小同志,一看就知道,你是我们自己的小同志,站岗放哨查路条……"那人一副讨好的口气。

"有大路不走,为什么跑到沟里来了?"

"嗯,沟里凉快,天气真热呀……"那人支支吾吾地说着,一双眼睛骨碌碌地四处打量。

"你有路条吗?"

"路条?有的,有的。"那人在身上摸了半天,什么也没有找出来,"哦,走得急,忘了带了。小同志,行个方便吧,

我有任务在身，下次一定带过来！"

"不行！没有路条，就要跟我们到村公所走一趟！"

王璞和伙伴把红缨枪对准了那人。

"不要误会，我真的有特殊任务，你们可不要耽误了我的正事。"

"既然是正事，就更应该带路条！"

那人见无法脱身，就突然把王璞一推，撒腿便逃。王璞和伙伴边追边喊："来人呀，快抓住这个汉奸探子！"

在不远处巡逻的民兵听到了王璞他们的喊声，赶紧从侧面迂回过来，拦住了那个探子的去路。探子慌了，又转身往回跑。只见王璞把红缨枪一伸，就把他别了个"嘴啃泥"。他们把人押送到村公所一盘问，这个家伙果然是个汉奸探子。

1943年，日寇加紧了对八路军根据地的"扫荡"，斗争形势越来越严峻了。为了保存实力，也为了不让鬼子找到八路军的武器装备，驻在野场一带的八路军的机关、工厂，有的转移进了山里，有的转移到了外线。上级指示说，兵工厂的枪支弹药，被服厂的衣服鞋袜，能运走的都要运走，运不走的就要坚壁起来，一点也不能落到侵略者手里。

于是，家家户户都把粮食、衣服藏了起来。为了避免鬼子在井里下毒，他们把水井口也都封住，隐藏了起来。八路军和

武工队留下的一部分枪支弹药,也藏在了十分隐蔽的地方。

这天夜里,王璞正在睡梦之中,爹把他叫醒了。王璞机警地坐起来问:"什么事?"爹轻声说:"快起来,有重要任务,去村西口集合。"

王璞一听说有重要任务,一骨碌爬了起来,快速地穿好衣服。来到村西口一看,武工队队员们都已经到齐了。武委会的梅叔叔说:"今天,我们要完成一个绝密的任务,把八路军的枪支弹药埋藏在南边地里,现在马上开始行动,大人去藏枪支弹药,你们儿童团负责放哨。大家要记住,无论发生什么情况,都不能向外人透露半点秘密。"

夜,静悄悄的,大家很快就把枪支弹药藏好了。为了做好保密工作,坚守八路军的军事秘密,王璞在抗日小学的墙上贴上了一张《抗日公约》:

我们是抗日的儿童团员,誓同日本帝国主义斗争到底,坚决做到:

一、不上鬼子学,不念鬼子书;

二、不吃鬼子糖,不上鬼子当;

三、不向鬼子说实话,不给鬼子带路;

四、不暴露八路军,不说出村干部。

可是，就在隐藏枪支弹药的任务刚刚完成之后，在掩护村里的老乡们转移的时候，王璞不幸被鬼子抓住了。

鬼子队长见王璞还是个少年，先是从裤袋里抓出一把花花绿绿的糖果，奸笑着说："嘿嘿，小孩，大大的好！你的吃糖。"

王璞一把打掉了鬼子的糖果，愤怒地说道："谁稀罕你的糖果，杀人不见血的强盗！"鬼子队长恼羞成怒，露出了凶恶的面目："快快说出八路军、武工队和粮食、枪支的去向！"

"不知道！"王璞斩钉截铁地回答。

"小小的年纪，难道你不怕死吗？"鬼子把长刀架在王璞的脖子上。

王璞毫不畏惧地推开鬼子的长刀，大声地对一同被抓住的老乡们说："乡亲们，我们一定要牢记《抗日公约》！我们就是死也不能给鬼子带路，不能暴露八路军的机密，不能说出抗日干部的名字……日本鬼子就要完蛋了！"

气急败坏的鬼子队长把东洋刀往下一挥，红着眼睛，疯狂地叫道："小八路的不要！统统枪毙！"机枪"哒、哒、哒"地响了起来，日本强盗向手无寸铁的人群疯狂地扫射……

乡亲们一片片倒下。王璞和他的妈妈，还有来不及转移出去的一百多位乡亲，都倒在了日本鬼子的机枪下。

王璞牺牲的地点,名叫"桃树沟"。英雄少年和乡亲们的鲜血,染红了桃树沟的石头和河水……

这一年,王璞只有14岁。

为了纪念这位英勇不屈的儿童团团长,当时,晋察冀边区政府授予了王璞"抗日民族小英雄"的光荣称号,并为他立起了一座高高的纪念碑。

"监狱之花"

———— ✳ ————

"我爱中国共产党。"小萝卜头一板一眼地念着,稚嫩的声音在牢房里回响。

　　许多少年朋友都看过电影《烈火中永生》。那么,你们一定记得在敌人的监狱里,那个长着大大的脑袋和明亮的大眼睛,经常双手攀着铁丝网看着外面的世界的"小萝卜头"吧?

　　"小萝卜头"这个电影形象的生活原型,名叫宋振中。他的爸爸和妈妈都是共产党员,在黑暗的年代里,他们为了中国人民的自由解放,同国民党反动派进行了艰苦卓绝的斗争,最后都不幸被捕了。

　　那时,小振中出生才刚刚8个月,就随父母一起被关进了监狱里。他和妈妈一同被关进了女牢里,成了有史以来世界上最小的"政治犯"。因为在监狱长期营养不良,他虽然已经八九岁了,却只有四五岁的小孩子那么高,瘦得皮包骨头,脑袋也显得特别大。所以,监狱里的叔叔、阿姨们都疼爱地叫他"小萝卜头"。

面对敌人惨无人道的迫害和监狱里的苦难生活，看见爸爸、妈妈和叔叔、阿姨们和敌人进行的英勇斗争，小萝卜头渐渐懂得了不少革命道理，在他幼小的心灵，埋下了热爱共产党、热爱祖国和人民、痛恨国民党反动派的种子。

有一次，小萝卜头正在地上算算术，一个女看守隔着铁门对他说："你叫我一声阿姨，我就放你出来玩耍、晒太阳。"

小萝卜头回答道："你是迫害共产党员的特务，我才不叫你阿姨呢！"

看守又拿出糖果诱惑他："叫呀，叫了我就给你糖吃。"

"呸！谁稀罕坏蛋特务的糖！"

本来，小萝卜头这个年龄正是应该上学的时候，可是，因为他的爸爸和妈妈是在押的"政治犯"，反动派不许他上学念书。

小萝卜头的爸爸宋绮云据理力争，要为年幼的孩子争取到上学读书的权利，为此，他和其他难友一起向监狱提出了这个正当的要求。可是，监狱长一听，哈哈大笑起来，说道："简直是异想天开，这里是监狱，还想读书，别做梦了。"

怎么办呢？难道就这样永远地耽搁了小萝卜头上学的时机吗？晚上，爸爸和难友们在监狱里商量了一个办法，他们决定集体绝食，以此来为小萝卜头争取读书的权利。

第二天，当特务提着饭桶来监狱的时候，所有的人看都不

看他一眼。集合的时间到了，大家仍然一动不动。

"哼，我就不相信他们不想吃饭！你去做一些好东西，看他们吃不吃。"监狱长吩咐特务说。

中午，特务提着一桶冒着热气的米饭和鱼肉放在监狱里。有的难友几年都没有吃上一点荤菜了，但是他们依旧岿然不动，就像没有看到那些饭菜一样。等到特务再次来到监狱，那些饭菜动都没动。

特务将这一情况报告给了监狱长，监狱长慌了。他怕这么下去，大家都不吃不喝，"上峰"会怪罪下来的，于是就做出了让步。他们答应了小萝卜头的爸爸和难友们的要求，同意让小萝卜头上学念书，但是有一个条件："老师"得由一个特务来担任。

小萝卜头的爸爸坚决不同意这种做法。他说："你们这样做，不是在教育孩子，而是把孩子推进了深渊！让一个坏人来教孩子，等于把孩子给毁了。"

经过再次斗争，监狱长最终同意了，由监狱中的一个"政治犯"罗世文来教小萝卜头念书。

罗世文被捕前是中共四川省委书记，很有学问，他很高兴能当小萝卜头这个革命后代的老师。他对监狱里的难友们说："我们干革命的目的，就是要最终打倒反动派，建设新中国。革命

靠什么？靠的是我们前仆后继、奋斗不息。孩子是我们祖国的未来，我一定好好教小萝卜头学习文化。"

小萝卜头的妈妈花了整整一个晚上，用节省下来的土纸仔细地订成了一个本子，给小萝卜头当写字本用，又把一支很短的铅笔头削好了，给小萝卜头写字用。

第二天一早，妈妈把这本特殊的"写字本"和一截铅笔头交给了儿子，疼爱地对他说："孩子，你可要好好学习啊！你要知道，你这样的学习机会，是爸爸和监狱里所有的叔叔、阿姨和敌人斗争争取来的结果！要听罗叔叔的话，好好学文化，学好了本领，将来建设我们的新中国……"

小萝卜头昂着面黄肌瘦的小脸，使劲儿地点着头，说："妈妈，你放心，我一定会好好学习的！"从此，小萝卜头就跟着罗世文叔叔学习文化了。

罗叔叔说："孩子，从现在开始，我们就正式上课了。今天，我们上第一课，我教你一句，你跟着我念一句。"小萝卜头认真地点点头。

"我是一个好孩子。念。"小萝卜头跟着念："我是一个好孩子。"

"很好！就这样念。"罗叔叔鼓励他说，"我们接着学第二句：我爱中国共产党。"

"我爱中国共产党。"小萝卜头一板一眼地念着,稚嫩的声音在牢房里回响。

可是不久,残忍的反动派就把罗世文杀害了!小萝卜头接着又跟着黄显声将军继续学习。

黄显声将军是一位爱国抗日将领,因为反对蒋介石打内战,也被特务关进了监狱里。小萝卜头跟着黄将军学习期间,还在监狱里秘密地为叔叔、阿姨们传送着一些革命的消息。

当时,重庆地下党创办了《挺进报》,印刷了大量的革命传单,对开展革命斗争起了非常重要的宣传作用。

任脚下响着沉重的铁镣,
任你把皮鞭举得高高,
我不需要什么自白,
哪怕胸口对着带血的刺刀!

人,不能低下高贵的头,
只有怕死鬼才乞求"自由";
毒刑拷打算得了什么?
死亡也无法叫我开口!

对着死亡我放声大笑,

魔鬼的宫殿在笑声中动摇;

这就是我——一个共产党员的自白,

高唱葬歌埋葬蒋家王朝。

很多人都读过这首诗。这是革命烈士、诗人陈然在监狱中写下的一首掷地有声的"正气歌":《我的"自白"书》。

1947年2月底,共产党领导的《新华日报》等机构被迫从重庆撤往延安,重庆陷入了白色恐怖之中。这时候,中共重庆地下市委决定编印一份油印刊物,及时地把前线的消息告诉重庆人民。这份刊物取名《挺进报》,陈然接受了在敌人眼皮底下编印《挺进报》的艰巨任务。

为了安全起见,陈然把工作地点设在自己家里。当时,他是重庆一家小工厂的代理厂长。白天他要在厂里负责工作,只有到了夜晚,才能开始《挺进报》的印刷工作。

没有油印机,他就用一块竹片在蜡纸上拓印油墨。当时,一张蜡纸最多只能印30到50份报纸。陈然想方设法试验印刷技术,还学会了刻写钢板。

1948年4月20日,因为叛徒出卖,敌人获知了陈然的住所。当时,上级派人来通知陈然尽快转移,并要他在22日印好最后

一期报纸，晚上 7 点市委派人来取，然后迅速转移。

21 日傍晚时分，陈然突然收到一封没有署名的短信，上面写着："日江水暴涨，闻君欲买舟东下，谨祝一帆风顺，沿途平安。"这封短信，是一位打入敌人内部的同志写给他的。

陈然接到信后，本来可以马上转移的，但他一直坚持到 22 日下午 5 时，最后一期《挺进报》全部印刷完毕了，陈然刚把蜡纸烧掉，门外就传来阵阵脚步声。

陈然沉着地推开窗户，把准备好的扫帚挂在了窗台下面的钉子上，这是给其他战友发出的信号。刚做完这一切，几个特务就破门而入，抓走了陈然。

特务们连夜对他进行审讯，但他一口咬定《挺进报》是他一个人办的。敌人无计可施，一次又一次的"老虎凳"，也摧毁不了陈然的意志，他咬紧牙关，没有说出组织和任何同志的下落。

没过多久，陈然就被押送到了"白公馆"。

这一天，小萝卜头照常去上学，发现老师隔壁的牢房里进来了一个新犯人。他好奇地走过去问道："你是新来的？你叫什么名字？"

里面的人迟疑了一会儿，艰难地走到门口，对站在外边的这个小孩回答说："我叫陈然。"

"反动派审问你了吗?你说了吗?"

陈然摇了摇头,然后问道:"孩子,告诉我,你是谁?你在这里多长时间了?"

"我在这里好多年了,他们都叫我小萝卜头。"说完,小萝卜头警觉地向四周张望了一下,小声说,"我要走了,下次我再来看你。叔叔再见!"

小萝卜头来到黄将军的牢房里,把刚才的情况描述了一番。黄显声将军就写了一张纸条,叫小萝卜头下课的时候偷偷交给难友许晓轩。

再次上课的时候,有一张小纸条传到了陈然手里……

就这样,在监狱里面,中共地下党支部的关系,通过小萝卜头的纸条传递,又秘密地接上了头。陈然向地下党支部提议,在监狱里把《挺进报》办下去。

经过多次努力,《挺进报》就在监狱里面"出版"了。当然,这不是真正的"出版",也不是"油印报纸",而是一张张小小的纸条,纸条上面有时也只有简单的几行字。例如:

"辽沈战役我军取得重大胜利,全歼敌军四十七万人。"

"东北解放!"

"国共谈判,共产党要求释放政治犯。"

那么,在反动派的魔窟里面,这份特殊的报纸是怎么"编发"

的呢？

原来，黄显声将军在监狱里有一点特殊的待遇：可以阅读报纸。每次读完报纸，他就将一些重大新闻的条目摘录下来，然后由小萝卜头送到陈然那里，陈然再将这些信息整理和编辑一番，然后又由小萝卜头分发给各位难友。

每阅读完一期这样的"报纸"后，难友们都期待着下一期，渴望得到更多更好的消息。这份特殊的《挺进报》，让监狱里的共产党人和进步人士备受鼓舞。小萝卜头成了这份狱中的"报纸"的"小小发行员"。

小萝卜头还梦想着有一天，能够自由地到监狱外面的草地上去唱歌，去奔跑，去和小伙伴们做游戏……

有一天，一只漂亮的蝴蝶，从高高的天窗飞进了小萝卜头的监牢里。小萝卜头把蝴蝶抓住了，高兴地捂在手心里。

他很喜欢这只蝴蝶，小心翼翼地把它放在了一只火柴盒里。不过，他转眼一想：这样一来，美丽的蝴蝶不也像自己一样，失去了自由吗？没有自由是多么可怜呀！

于是，心地善良的小萝卜头就赶紧打开火柴盒，把蝴蝶放飞了。蝴蝶绕着屋子飞了两圈，就从天窗飞了出去，消失在外面的天空里了。

小萝卜头仰头看着蝴蝶慢慢地飞走了，他是多么羡慕这只

蝴蝶啊！他想：什么时候，我也能离开这深深的监狱，在外面的草地上奔跑呢？

可是，凶残的敌人并没有放过这个无辜的孩子。随着中国人民解放军的节节胜利，国民党反动派狗急跳墙，开始疯狂地屠杀监狱里的共产党人和"政治犯"了。

1949年9月6日，小萝卜头的爸爸妈妈被国民党特务残忍地杀害了。接着，小萝卜头也没能幸免。小萝卜头死时只有9岁！他是带着对敌人的仇恨和对美好生活的向往，在新中国的黎明即将到来的时候，静静地离开这个世界的。

1949年10月28日，陈然和其他战友一起，也被敌人从"白公馆"押解到大坪，残忍地枪杀了。他就义时年仅26岁。他牺牲的时候，新生的中华人民共和国已经在北京宣告成立了，五星红旗已经飘扬在祖国的上空。

新中国建立后，人民政府追认小萝卜头宋振中为"革命烈士"。人们满怀着无限的痛惜和敬意怀念他，称他是中国"最小的革命烈士"。

战火中的小图书馆

※

在一次次战斗中百炼成钢的林森火,当上了全镇的儿童团团长。

1946年春天,12岁的少年林森火,在他的家乡浙江省玉环县参加了地下儿童团,被选为当地的儿童团团长。

儿童团成立后,老师们经常给小团员们讲述解放区的红色少年们和地主、资本家做斗争的故事。少年森火很受鼓舞,工作更加积极了。他决心也要像那些"红孩子"和小英雄们一样,不怕困难,敢于战斗,为革命事业做出自己的贡献。

那时候,他常常在深夜里帮助老师印刷革命传单,然后趁着乡亲们都在赶集的时候,就到人群集中的地方散发,鼓动群众起来和镇上的反动警察、渔霸做斗争。

当时,经常来给他们儿童团讲课、做辅导的是两位共产党员叔叔,他们每次都会带来一些有趣的书给儿童团,有解放区的小说《吕梁英雄传》,苏联小说《铁木儿和他的队伍》《钢铁是怎样炼成的》,童话《红鬼脸壳》《大林和小林》,等等。

少年森火带领着小伙伴一面四处宣传革命道理，一面积极学习文化，把叔叔们送来的每一本书都读得十分仔细。

后来，他们干脆搭起一座小草棚，在贫穷的乡村办起了一个小小的地下图书馆，把先进的文化知识和伟大的革命道理传播给那些穷苦乡亲。孩子们也从书本中吸取了力量，他们想象着，将来有一天，能坐在明亮的房子里读书、学文化。

草棚子虽然很小，却吸引了越来越多的儿童团团员和穷孩子。小小的图书馆就像黑夜里的一团篝火，温暖着穷苦孩子的心，使他们看到了光明和希望，学到了知识和文化，懂得了许多革命的道理。

可是，国民党警察对这个小小的图书馆怕得要死，他们扬言要抓住林森火，铲除图书馆。

少年森火得知消息，迅速把图书馆转移到了安全的地方。他对小伙伴们说："不要怕，现在虽然艰苦一点，等革命成功了，新中国建立了，我们就会有自己明明亮亮的大图书馆的！"

1947年，国民党反动派不甘心自己即将灭亡，反革命活动越来越猖狂了。这时候，玉环县的许多共产党员被敌人抓了起来，地下党的活动也不得不变得更加小心和隐蔽了。

由于儿童团团员们年龄小，不容易引起敌人的注意，党组织让林森火和另一名儿童团团员担任了地下党的秘密交通员。

从此，不管是狂风暴雨的夜晚，还是大雾迷漫的黎明，不管是酷暑还是严冬，只要有了任务，林森火和伙伴们总能及时地把情报和信件传送到游击队的驻地。

有一天深夜，正下着瓢泼大雨，林森火收拾好小图书馆的书籍，正要躺下休息，地下党员李老师冒雨前来，悄悄告诉他说："刚刚得到一个重要情报，明天敌人就要去搜山，有一封信件，得马上送到游击队那边去。"

森火明白，这个情报十万火急，关系到山上几十名游击队员的安危，事不宜迟！森火二话不说，冒着大雨就出发了。

因为这个情报送达得及时，第二天，敌人上山搜查时，游击队早就撤到安全地方去了，凶恶的敌人扑了一个空，只好悻悻地返回了。

又有一次，森火和一个小伙伴上山送信回来，游击队队长让他们把一捆标语和传单带到镇上张贴和散发出去。

森火想：万一在回来的路上遇上巡逻的敌人，怎么办？敌人一旦发现了这些标语和传单，麻烦可就大了。

这样想着的时候，他朝四周一看，顿时有了一个主意。他们机警地躲进了附近的一座破庙里，把传单埋进了佛爷前面的香炉里。果然，没有一会儿，就走来了几个巡逻的敌兵。

敌人来到庙里一看，见是两个孩子坐在庙前的台阶上下棋

玩，就只好骂骂咧咧地走开了。

到了黑夜，按照游击队队长的指示，森火带领着小伙伴们悄悄来到镇上，四处张贴和散发这些传单、标语。他们行动机灵，动作也麻利，一会儿就完成了任务。

天刚亮的时候，林森火就迫不及待地起来了。他想要去看看昨晚的"战斗成果"，看看镇上的人们看到这些革命传单和标语会有怎样的反应。他扛上一捆甘蔗，就在贴着标语的墙根摆起了地摊。

一看见有人来了，他就亮起嗓门喊："买甘蔗呀！快来买又甜又粗的甘蔗呀！"

不一会儿工夫，标语前就聚集了不少群众。大家看见了标语，都十分激动，悄悄议论说："好哇！肯定是游击队又回来了！"

也有的说："嘿！黑狗子们（指镇上的警察）前天还说把游击队给赶跑了，根本就是在吹牛嘛！"

这时，来了几个巡逻的敌兵。他们一看见标语，又是惊恐又是气恼，惊的是好像游击队随时都会下山来收拾他们；气的是游击队怎么如此神出鬼没、来无踪去无影呢！

林森火把这一切都看在眼里，心里正在偷着乐呢！

1949 年 4 月，在一次次战斗中百炼成钢的林森火，当上了全镇的儿童团团长。他觉得，自己肩上的担子更重了！

当时，他的家乡正处在海防前线。每逢镇上的解放军到外地作战的时候，敌人就会从沿海一些岛屿窜回来侵扰乡亲们。

1950年7月的一个清晨，疯狂的敌人趁着解放军外出执行任务的时候，又把镇子包围了。解放军主力离开了镇子，镇上的兵力非常少，形势十分危急！

"不行！必须立刻给解放军送信去，好让他们火速赶回，不然，后果会十分严重！"危急时刻，林森火主动请战，承担了去给解放军送信的紧急任务。

林森火想方设法，冲出了敌人的重重包围，顶着火辣辣的太阳，一口气跑了几十里路，终于找到了解放军，通报了镇上的危急情形。

解放军获知消息，马上集合兵力，以迅雷不及掩耳之势赶回了镇子，把这股敌人"包了饺子"。

这年年底，因为多次出色的表现，16岁的林森火光荣地加入了中国新民主主义青年团。

1950年11月20日，森火正在学校上课，远处突然响起了激烈的枪炮声。看来，海上的敌人又来侵扰了。

为了大家的安全，老师要求同学们立即疏散，回到各自家中，并让林森火护送一些小同学回家。

做完这些后，林森火又返回了镇公所，问镇长还有什么事

情需要他做的。镇长说:"森火啊,你来得正好,我们正打算派人往后山上给解放军送子弹呢。"

林森火听了,赶紧扛起一箱子弹,跟随着几个民兵就往山上奔去。他们赶到山上的时候,解放军的子弹刚好用完,森火他们真是雪中送炭。不一会儿,解放军的机枪又哒哒地喷射出了正义的火舌。

看到这么激烈的战斗场面,林森火热血沸腾,对解放军叔叔请求道:"叔叔,我也加入到你们的队伍中吧。"

"不行,这里危险,你赶快下去!"

林森火只好极不情愿地离开了阵地。

这时,他发现一位炊事员叔叔正挑着一担馒头往山上赶来。

"对呀!我可以帮炊事员叔叔干点活,把馒头分送到阵地上去嘛!"这样一想,他就急忙奔了过去。

就在这时候,只听"轰"的一声,敌人的一颗炮弹在森火身边爆炸了!英勇的少年,应声倒在了硝烟之中,年仅16岁。

为了人民的解放事业,林森火献出了自己年轻的生命。

林森火虽然离我们远去了,但是,他的革命精神是不朽的。他是浙江省少年先锋队永远的骄傲,也是中国少年先锋队的光荣。

为了纪念这位少年英雄,中央人民政府给林森火的家人颁发了由毛泽东主席签署的革命英雄纪念证。林森火的家乡坎门镇的儿童团,把林森火生前创办的小图书馆改名为"林森火图书馆"。林森火贴过革命传单的小巷,也被命名为"森火巷"。玉环县烈士陵园还专门建立了一个"少年英雄林森火纪念室",供人们瞻仰。林森火上学念书的母校——玉环县坎门镇中心小学,如今也改名为玉环县林森火小学。

小溪奔向大海

小姐妹的冰靴子
大海上的灯火
少年小勇的大海
山里的细妹子
红色油纸伞
小溪奔向大海
少年壮志不言愁
入团的日子

小姐妹的冰靴子

———— ✳ ————

"不好!暴风雪来了!我们得赶紧回去了!"

　　很多少年朋友都看过彩色动画电影《草原英雄小姐妹》吧?有的少年朋友也许还看过童话作家葛翠琳创作的儿童剧《小姐妹的冰靴子》。

　　草原英雄小姐妹龙梅和玉荣,在突然到来的一场特大暴风雪中,勇敢、顽强地保护了公社的羊群,一直坚持到在雪地里晕倒,最后被牧民们找到,把小姐妹俩的生命从死神手中抢救了回来……

　　2009年9月14日,龙梅和玉荣姐妹俩被评为"100位新中国成立以来感动中国人物"。

　　说起来,那是50多年前的事情了。

　　1964年,姐姐龙梅12岁,妹妹玉荣只有9岁。她们的父母亲是内蒙古乌兰察布市达尔罕茂明安联合旗新宝力格公社那仁格日勒生产大队的牧民。

2月9日这天,天气看上去还比较晴朗。这个时节,春天还躲在很远很远的南方,迟迟没有来到北方的草原上。草原上的野葱花、格桑花和野百合花,都还没有绽开,有的地方连草地也还没有返青呢!

但是,公社的羊群需要啃食枯草,小姐妹俩征得父母的同意后,利用星期天的时间,自告奋勇地赶着生产队里的380多只羊,到有草皮的地方放牧去了。

那时候,所有的羊群都是生产队的,是集体的。爸爸、妈妈从小就教育小姐妹俩,要热爱国家,热爱集体财产,热爱生产劳动。所以,小姐妹俩只要一到星期天,就会到生产队里参加集体劳动。别看她们小小年纪,却已经会干各种农活儿:割草、放羊、挤奶、绕干草绳……有时候,还会学着牧民叔叔赶"勒勒车"呢!

"太阳光金亮亮,雄鸡唱三唱。花儿醒来了,鸟儿忙梳妆。小喜鹊造新房,小蜜蜂采蜜糖。幸福的生活从哪里来?要靠劳动来创造!"

妹妹玉荣在前面带领着羊群,快乐地唱着她最喜欢的一首歌《劳动最光荣》。

姐姐龙梅在后面招呼和驱赶着羊群,也接着唱道:

"青青的叶儿红红的花,小蝴蝶贪玩耍。不爱劳动不学习,

我们大家不学它。要学喜鹊造新房,要学蜜蜂采蜜糖。劳动的快乐说不尽,劳动的创造最光荣!"

不知不觉,她们已经翻过了好几个山坡,距离大队里的蒙古包已经很远很远了。

她们为羊群找到了一块草皮丰厚的地方,所有的大羊和小羊都埋头啃食着干草。

可是,谁也不会想到,这时候,乌云正在远处的山口聚集,一场特大暴风雪就要袭来……

早春时节草原的气候,就像性格暴躁的人,说变脸就会变脸。果然,中午时分,低垂的乌云把天空遮挡得漆黑漆黑的,就像黑夜一般。

不一会儿,鹅毛大雪就纷纷扬扬地飘落下来。接着,狂风呼啸着,从山口那边吹袭过来,气温陡然下降了许多,雪花好像在狂风中变成了坚硬的石子,打得人睁不开眼睛。

"不好!暴风雪来了!我们得赶紧回去了!"

姐妹俩赶忙想办法拢住羊群,拼命往生产队的方向赶着羊群。

可是,暴风雪越来越猛,她们很快就辨不清来时的方向了。

暴风雪吹袭着羊群,羊群行走起来也十分困难了,而且,羊群在暴风雪中失去了秩序,开始到处乱窜了……

关键时刻，姐姐对妹妹说："玉荣，你先别管我和羊群了，快跑回去，叫阿爸和叔叔们来帮咱们救羊群。"

"好的，姐姐，那你要当心哦！"

小玉荣说着，就转头眯着眼睛辨认了一下来时的方向，顶着暴风雪拼命地奔跑着。

可是，风雪实在是太猛烈了，加上天气严寒，小玉荣没跑多远就栽倒在雪地上了。

一想到姐姐还在大风雪中保护着正在乱闯的羊群，要是羊群被暴风雪冲散了，还有那些小羊羔，要是在风雪中冻死了，那么集体的损失会多大呀！

想到这里，小玉荣顾不得去叫阿爸了，又立即返回了姐姐和羊群身边，和姐姐一起拼命阻拦着乱跑的羊群。

羊群往哪里跑，她们就跟着往哪里跑，寸步不离，紧追不舍。

她们不知道跑了多长时间，跑出去多远。小玉荣的靴子什么时候跑掉了，她自己都不知道。

姐姐一看妹妹的一只脚上只有长筒袜子，不见了靴子，大叫一声："哎呀！没有了靴子，你的脚要冻坏的！"说着，她就赶紧脱下自己的靴子给妹妹穿上……

从中午开始，一直到第二天天亮，小姐妹俩在大风雪中奔跑了20多个小时。她们知道，每一只羊都是集体的财产、国

家的财产,她们是集体的孩子、新中国的小主人,她们不能让集体和国家的财产有半点损失!所以她们紧紧追赶、守护着公社的羊群,把羊群看得比自己的生命还要宝贵!

寒冷、疲劳、饥饿,还有黑夜里的暴风雪呼啸带来的恐惧感……这一切,都在考验着两个小姑娘的毅力和斗志!

终于,小玉荣再也坚持不住了,小小的身子一阵晃荡,昏倒在了雪地上。姐姐龙梅大声叫喊着妹妹的名字,把妹妹紧紧搂抱在怀里,用自己身体上仅存的一点热量,温暖着妹妹快要冻僵的身子……

再说小姐妹俩的家人和生产队的大人们。

就在天气突然变得恶劣,眼看着暴风雪就要袭来的时候,小姐妹俩的阿爸就和生产队的牧民一起,着急地四处寻找孩子和羊群。

可是,茫茫草原,他们不知道两个孩子把羊群赶往了哪个方向,尤其是暴风雪迅疾袭来,天地间和各个山口都变得十分昏暗了,他们看不见孩子和羊群的踪影,就只好骑上马,分头越过各个山口去寻找……

阿爸一边在风雪中呼喊着龙梅和玉荣的名字,一边眯着眼睛瞭望着四周。可是,眼前只有茫茫的风雪,打着呼哨在翻卷着,远处白茫茫一片!

突然,一个眼尖的牧民看到了一点点红色。他们赶紧走近一看,是一只红色的小靴子!红靴子已经冻成了冰靴子!

"这是小玉荣的靴子!没错,孩子应该是朝着这个方向去了,我们赶紧追过去!"

天亮以后,暴风雪好像也有点疲劳了,慢慢地缓和了下来。

这时候,牧民哈斯、朝禄父子俩,骑马率先翻过了一个山口,一眼看到了聚集在一个可以躲避风口的地方的羊群。

再仔细一看,龙梅紧紧搂抱着玉荣,小姐妹俩都已经昏迷在雪地上了……

牧民大叔赶紧抱起两个孩子,快马加鞭,把两个小姐妹送到了最近的白云鄂博矿山医院进行抢救。

不一会儿,阿爸和其他几位牧民,还有公社书记带着一些铁路工人,都赶到了医院。

谢天谢地!经过抢救,小姐妹俩总算醒了过来。

但是,因为在暴风雪中奔走的时间太久了,两个小姑娘都有严重的冻伤。姐姐龙梅因为把靴子让给了妹妹穿,她自己的左脚拇趾冻坏了!小玉荣的右腿膝关节以下和左腿踝关节以下,也不得不做了截肢手术。

有一天,在医院里,她们的爸爸从新宝力格公社打来长途电话,探问她们的病情。小玉荣听见是爸爸的电话,赶忙从床

上爬起来,急急地问道:"爸爸,爸爸,我的那只羊下小羊羔了没有?"

爸爸叹了口气说:"你自己的生命都差点儿没了,还在惦记着小羊羔!"

小玉荣说:"添了小羊羔,公社的羊群不是又多了一只羊嘛!"

姐姐龙梅从手术室回来的时候,小玉荣一把搂住她,心疼地问道:"姐姐,你疼吗?你哭了没有?"

姐姐安慰她说:"不疼!姐姐没有哭!我们都要听医生的话,尽快治疗好,这样可以早早地回去放羊呢!"

坚强的姐姐,给妹妹做出了好榜样。

轮到小玉荣要做手术了。有人去看望她们,见玉荣裹着纱布的小腿,就悄悄问医生:"脚没能保住吗?"

玉荣立刻明白了问话的意思,自己抢着回答说:"没有了脚,我也能劳动,我还可以剪羊毛、挤奶、烧火呀!"

这个坚强、乐观的小姑娘,让医生和护士们都深受感动。

一位护士在旁边指着龙梅的脚说:"姐姐的脚还是好好的,就是少了一个脚趾头。"

小玉荣故意调皮地说:"我没了脚,还可以装个假脚,姐姐,你总不能也装一个假脚趾头吧?"

小玉荣的一句话把在场的人都逗乐了。

玉荣做完手术,大家都很心疼这个勇敢的小姑娘,一位医生叔叔想安慰她几句,谁知刚一开口,玉荣却反过来安慰医生说:"叔叔,您不要讲了,我都知道了!您别难过,我装上一条假腿,照样可以给公社放羊哪!"

草原英雄小姐妹的故事,从那时起,就在全国各地和各个民族之间流传开来,感动着新中国的一代代人。

许多年后,这对草原英雄小姐妹都长大了,党和国家把她们都培养成为优秀的人才。她们继续在为伟大的祖国、为自己的家乡草原贡献着各自的力量和才能。

有一次,一位记者在呼和浩特采访玉荣时,谈到这样一段故事:一位身居美国的母亲,为了让儿子学汉语,讲起了草原英雄小姐妹的故事。当年幼的儿子听到小姐妹为保护公社的羊群被冻成重伤时,他突然问道:"妈妈,她们这样做,公社会付给她们很多钱的,是吗?"这位母亲后来告诉儿子说:"对小姐妹俩最好的奖励,是全国一代代少年儿童,都在学习草原英雄小姐妹热爱国家、舍己为公的精神。这是用金钱能买得到的吗?"儿子最后明白了:世界上还有一种东西,的确是不能用报酬计算出来的!

当玉荣听完记者的讲述后,她微微一笑说:"我记得,当

时一只羊的价钱是两元钱，384只羊死了3只，等于损失了6块钱。可是为了这6块钱，我落下了终身残疾。您说，这是可以用金钱来衡量的吗？"

大海上的灯火

———— * ————

"目标就在前方,全员做好接收准备!"

爸爸在很远很远的大海上工作,常常一出海就是一两个月。妈妈数过,一年 365 天,爸爸有 300 多天在大海上度过,所以,我和妈妈想念爸爸的时候,只能多看看他的照片。

爸爸是海上打捞局潜水队的队长。在我的印象里,爸爸每天都是胡子拉碴的,在妈妈和我面前,总是嬉皮笑脸。妈妈说,爸爸的呼吸里带着海水的咸味儿,他每次回家,家里都会有海腥味儿。

"欢迎两位美丽的女士登上我们的'战船'!"

这个暑假,爸爸邀请我和妈妈,登上了"深潜号"——他和战友们执行搜救任务时的"战船"。

爸爸还给妈妈和我一一介绍了他的"战队"队员。他们每个人都有一个酷酷的代号——

额头好像刻满一道道海浪的徐叔叔,叫"深海蛟龙",是

一位经验丰富的老潜水员;"橙色装甲"冯叔叔剃着个大光头,他是爸爸最好的搭档;"逆行蓝鲸"卢叔叔,他说自己是一头蓝鲸变的,两只粗壮的手臂,就是蓝鲸的双鳍;对啦,爸爸自己也有一个代号,叫"烈火金刚"。——要不要这么酷啊?

爸爸还特意给我准备了一套小号的橙红色救援服,还有一顶白色头盔。"哇,穿上救援服,我们的'小公主'一眨眼变成了'火影战士'!"嗬,我也有了自己的代号!

这一天,爸爸和他的战友们个个"全副武装",把我和妈妈簇拥在前面,摆出各种姿势,拍了好多视频和照片。

其实,爸爸能拿出一整天的时间陪伴我和妈妈,全家人快快乐乐在一起度过,这在我记忆里算是比较"奢侈"的时光了。更多的时候,爸爸是在远离我和妈妈的地方,甚至是尽量不让我和妈妈知道的状态下,执行着一次又一次的紧急救援任务。

2018年1月6日夜晚,在长江口以东约160海里的东海上,发生了不幸的海难事故:一艘巨大的巴拿马籍油船"桑吉"轮,与中国香港的一艘散货船"长峰水晶"轮发生了剧烈的碰撞,"桑吉"轮上火光冲天,把黑夜里的海面映照得一片通红……

火光就是命令!一场紧急救援行动,在第一时间迅速启动了!上海海上搜救中心派出的专业救援船"东海救101",还有我爸爸他们的"深潜号",都在凌晨时分赶到了海难现场附近。

他们第一次见到这么惨烈的海难现场！巨大的"桑吉"轮好像变成了一座"火焰山"，从烈火中不断传来剧烈的爆炸声，空气里弥漫着刺鼻和呛人的气味……

原来，"桑吉"轮上装载着13.6万吨凝析油。这种油又叫"天然汽油"，燃点很低，特别容易燃烧和爆炸，燃烧后会产生大量有毒有害气体，给人体和环境造成巨大危害。更糟糕的是，"桑吉"轮上的32名船员生死不明，正处在失联状态……

这时候，一艘名为"浙岱渔03187号"的渔船，正在漆黑的海面上，奋力搭救从"长峰水晶"轮上逃生的21名船员。因为渔船太小，风力又太大，渔船向"东海救101"救援船发出了求救信号。

漆黑的大海上看不见一只船的影子……

突然，远方的海面上出现了一点点亮光！

"是渔船的灯火！"船长紧盯着前方，驾驶着"东海救101"救援船，迅速朝着闪着亮光的方向奔去。近了，近了，更近了……

"减速慢行，避免碰撞！"

"目标就在前方，全员做好接收准备！"

"东海救101"救援船朝着渔船连续发出了短闪信号……

拥挤在渔船上瑟瑟发抖的逃生者，一个个被安全转移到了

救援船上。救援队员们纷纷给他们递上了毛毯、热水和干粮。

"长峰水晶"轮船船长最后一个登上救援船。他仰望着在夜色里高高飘扬的五星红旗,泪流满面。死里逃生的获救者,都在甲板上相拥而泣……

"现在你们可以放心了,这是在祖国的领海上!我们会为你们提供一切救援帮助!""东海救101"救援船船长握着"长峰水晶"轮船船长的手说。

天际露出了一抹微光,但天还没亮,远处的海面仍然黑茫茫一片。这时候,处在失控状态的"长峰水晶"轮正带着火苗,在茫茫的海面上漂流打转。

"必须把它控制住,不然会撞到别的船只,酿成新的事故!""东海救101"救援船追上"长峰水晶"轮,消防队员们用高压水枪控制着火苗,再用救生吊篮把"长峰水晶"轮船船长送上了失控的轮船。

火势和轮船的动力设备都得到了控制。"长峰水晶"轮的船员们重新返回了轮船。这时,又一艘飘扬着五星红旗的救援船"东海救118",披着曙光赶来了……

"现在,我们立刻赶回去救援'桑吉'轮!'长峰水晶'轮将由你们护送到舟山港去。""东海救101"救援船乘风破浪,又奔向了"桑吉"轮事故现场。

此时,熊熊大火还在燃烧着,"桑吉"轮 32 名船员仍然下落不明。凶猛的火势伴随着剧烈的爆炸,使所有的作业船被迫后撤,无法登船救援,只能采取远距离高压灭火。

救援前线指挥船"海巡 01 号"上的指挥长,指着海图上的标识说:"你们看,这里是我国春晓油气田的位置,现在,'桑吉'轮正朝着油气田方向漂移。"

"报告指挥长,根据目前风向预测,几十个小时后,'桑吉'轮就会漂移到油气田附近,万一引起油气田爆炸,后果将会……"

指挥长用布满血丝的眼睛紧盯着"桑吉"轮说:"不,我们决不能让这件事情发生,必须立刻采取行动!"

这时候,爸爸和"深潜号"上的队员们个个全副武装,在等待登船指令和最佳的登船时机。

不用说,登船所需要的呼吸器装备、防化服、气体分析仪、对讲机、救生衣、红外线测温仪、安全绳、头灯、潜水刀等一样都不能少。登船后怎么配合?第一步做什么、第二步做什么?万一遇到爆炸怎么办?怎么进入安全舱?……爸爸和队员们也都牢牢记住了。

海上的火势和风向一直变化不定。猛烈的火势好像随时会使庞大的船体倒塌、爆炸和沉没。谁也不知道"桑吉"轮上的船员还有没有生还的希望。熊熊火光,照亮了每一艘准备出击

的救援船……

爸爸已经从救援队员中挑选出三名登船的勇士。没错！你们没有看错，三名勇士正是"深海蛟龙"徐叔叔，"橙色装甲"冯叔叔，"逆行蓝鲸"卢叔叔，再加上爸爸"烈火金刚"。他们四人后来被人们称为"桑吉"轮救援"四勇士"。

"四勇士"在登船前特意拍下了一张合影。他们都明白，万一自己牺牲了，这将是和战友们最后的留影。

爸爸后来告诉我说："你知道吗？我们四个人都是中国共产党党员！""这么巧吗？"我睁大眼睛问道。"不，不是什么巧合。每逢有什么危急的时刻，共产党员总是会最先站出来，无条件地接受任何挑选和任何考验！"爸爸坚定而自豪地说道。

不一会儿，风力稍微减弱了一点。

登船的最佳时机到了！指挥长一声令下，爸爸随即朝着三名勇士做出了"出击"的手势。

"四勇士"像闪电一般戴好了氧气罩。

"深潜号"像个钢铁巨人，伸出长长的吊臂和吊篮，把四个勇士稳稳地送到了烈焰升腾的"桑吉"轮上……

两艘高速救生艇，也在离"桑吉"轮最近的地方严阵以待。万一"桑吉"轮发生爆炸，四勇士可以在最短时间内跳进大海，登上救生艇。

滚滚的浓烟，熊熊的火光，伴随着剧烈的爆炸声和船体扭曲的嘎吱声……"桑吉"轮惨烈的景象就像"世界末日"一样，展现在"四勇士"面前。

爸爸后来告诉我说，他们登船的首要任务，是去搜救船上的幸存者，可是，背着氧气瓶，穿着臃肿的防化服，很难进入狭窄的逃生通道。怎么办？

紧急关头，爸爸命令道："你们三人继续在上面搜索，我改穿普通消防服进入逃生通道……"

说时迟，那时快，爸爸迅速脱去了防化服，露出一身橙红色消防服。果然是"烈火金刚"，名不虚传！

到处是玻璃和铁皮脱落的爆裂声。舱室的玻璃都爆裂了，所有木质物品都烧成了焦炭，地上布满了被烧得变形脱落的铁皮……

爸爸进入的逃生通道，就像一个高温熔炉。

"就算只有百分之一的救援希望，也不能放弃！"冒着烈火和高温，爸爸把狭长的逃生通道搜遍了，没有发现幸存者。

"现在，'桑吉'轮尾部还有一个防海盗用的救生舱，里面可能备有水和食物。如果船上有幸存的船员，救生舱是他们求生的唯一地点。"爸爸和三位战友会合后，又瞄准了下一个目标。

"队长,让我下去吧!"

"橙色装甲"冯叔叔一步跨到了爸爸面前。

"我去!""让我去吧!"

"队长,派谁去都可以,快下命令吧!"

"不行!你家里还有两个未成年的孩子,一个才5个多月。"爸爸没有选择"橙色装甲",而是深深看了一眼"深海蛟龙"和"逆行蓝鲸"。

"深海蛟龙"和"逆行蓝鲸"庄重地给两位战友敬了个礼,说:"队长,好兄弟,等着我们!"

可是,一打开舱盖,一股浓烟飘了出来。"糟糕!救生舱里也涌进浓烟了!"果然,一进入舱内,两人身上的气体报警器马上鸣叫起来!

"报告队长,救生舱内的烟雾有毒!"

"报告队长,舱内温度已达89摄氏度!"

爸爸正在驾驶室里寻找轮船的"黑匣子"。一听到报告,他心里猛地一沉,明白在这样的环境里不会有生存的希望了!"请你们立即放弃寻找,迅速出舱!"爸爸命令道。

这时,"深海蛟龙"和"逆行蓝鲸"发现了两位遇难的船员。

"兄弟,我们来送你们回家……"两个人轻轻地,一人背起一位遇难者,艰难地走出了浓烟笼罩的救生舱。

甲板上,"四勇士"身上的呼吸器同时闪着红灯报警了。爸爸抱着找到的"黑匣子",果断命令道:"背上遇难者,迅速撤离!"

巨大的、长长的吊臂和吊篮伸展到"桑吉"轮舷边,再次缓缓地挽起他们。当"四勇士"乘着吊篮返回"深潜号"时,每个人的呼吸器都发出了最后一次氧气储量不足的警报。庆幸的是,他们都安全回到了战友们身边。

"桑吉"轮碰撞燃烧事故,是世界航海史上从未有过的,是运载凝析油的大型油船遭遇的事故。冒着生命危险登上"桑吉"轮搜索救援、成功带回"黑匣子"的"四勇士",也创造了海上搜索救援的奇迹。

"桑吉"轮船船员生还的希望已经十分渺茫。但是抱着一线希望,现场搜救仍然没有停止。中华人民共和国交通运输部从山东、浙江等地又紧急调来一些大型救援船和直升机,在方圆8800平方公里的海域展开了海空立体搜索。

遗憾的是,虽然派出了强大的救援力量,除了"四勇士"从"桑吉"轮上背回的两具遇难者遗体,最终没有找到任何逃生的人影。24小时过后,巨大的、千疮百孔的"桑吉"轮,冒着滚滚浓烟,缓缓沉入了深蓝色的大海。

像往常一样,爸爸在接到这次紧急救援任务时,并没有告

诉我和妈妈。那天晚上,妈妈从电视新闻里,一眼就看到了爸爸的背影……

那几天,一连几个夜晚,妈妈都在为爸爸担心,不敢合眼。我知道,她在等着爸爸报平安的电话。

好在,我和妈妈终于接到了爸爸从甲板上打来的报平安的电话。虽然只是简短的两句话,但是妈妈那颗一直悬着的心,总算是放下了。

放下电话,妈妈紧紧搂着我,喃喃地说:"不用担心了,妞妞,没事的,我就说嘛,你爸爸是'烈火金刚',是有名的海上救援英雄……没事的!……他们都会平安回来的,会的……"

几天后,爸爸和他的战友们邀请各自的家人来到"深潜号"上,参加庄严的升旗仪式。爸爸和叔叔们都穿着橙红色的救援服,整齐地列队在甲板上,向着冉冉升起的国旗行注目礼。

嘹亮的国歌响起的时候,我和几个戴着红领巾的男孩,也朝着庄严的国旗,献上了少先队员的敬礼。

升旗仪式后,我故意拉着"逆行蓝鲸"叔叔问道:"卢叔叔,每次救援任务都那么危险,你们会害怕吗?"

"什么?害怕?""逆行蓝鲸"叔叔"扇了扇"他有力的"双鳍",笑着指着"橙色装甲"叔叔说,"你去问问那个光头的家伙,我们会不会害怕?"

　　船上信号不好,"橙色装甲"叔叔正在甲板上来回走动,寻找信号跟他家的两个孩子视频呢。"橙色装甲"叔叔暂时顾不上我,就指着我爸爸说:"去问'烈火金刚'啊,他是队长,最有发言权!"

　　"烈火金刚"听见了,就和"深海蛟龙"叔叔相视一笑,说:"来吧,让'深海蛟龙'叔叔告诉你!"

　　"深海蛟龙"用一双有力的大手把我举过头顶,大笑着说:"傻孩子,我们怎么会害怕呢?决不会的!因为……我们的四周和脚下,是深蓝色的、强大的……祖国!"

少年小勇的大海

※

在远处耀眼的阳光下,大海好像正在偷听孩子们的歌声。

海边的孩子,像大海的浪花和泡沫,只有大海能懂得他们的幸福和快乐。海边的孩子,像大海上的海鸥、海燕,像深藏在海水里的小鲸鱼和小海螺,只有大海能听懂他们唱的每一支歌……

天还没亮,星星还在深蓝色的天空闪烁,少年小勇就穿上最喜欢的海魂衫,提着小篓子,跟着爷爷,走出了用石头垒砌的小院子。

"小勇,赶小海一定要趁早哪!"小勇牵着爷爷的手,穿过沉睡的小渔村,朝着远处的海滩走去。

黎明时的路灯,还在闪着橘黄色的光,看上去又暖又亮。

大海的作息时间,好像比忙忙碌碌的人们更规律。小勇和爷爷走到海滩时,海水刚刚退潮。平展展的沙滩上,留下了小勇和爷爷浅浅的脚印……

不一会儿，太阳从远方的海平线上露出笑脸，新的一天到来了！"赶小海"的人也渐渐多了起来。

住在海边的人，都喜欢在退潮时来到海滩上，收获一些被海水遗留下的小海货，比如小海螺、海蛎子、泥螺什么的，还可以在泥沙里挖到小螃蟹、蛤蜊、小海葵，在礁石缝里、石头底下捉到一些小鱼、小虾和小海星。这就是"赶小海"。

"小勇你看，这个小沙堆下面准藏着一只螃蟹。"爷爷是一位有经验的赶海人。小勇拿着小铲子轻轻一挖……

果然，一只小螃蟹被活捉了。

"小勇，快朝这里撒一点点盐。"爷爷又吩咐说。

小勇从带来的罐头瓶里捏了一小撮盐，往爷爷指的地方轻轻一撒，不一会儿，一只肥胖的蛏子就从泥沙里钻了出来。

这是有经验的赶海人常用的方法：原来，蛏子躲在下面尝到了盐的咸味，还以为又涨潮了呢！

"蟹儿蟹儿快上钩，泥螺泥螺拾满篓。……"

小勇一边轻轻哼着小时候经常唱的一支童谣，一边不停地找呀、挖呀，不一会儿，篓子里就装满了五颜六色的小海货。

大海是慷慨的，它给生活在海边的人们无穷无尽的馈赠。打赤脚的小姐姐，提小桶的小哥哥，握铲子的小丫丫，都高兴地来到少年小勇旁边，好像是要比一比，看看谁的收获更多、

惊喜更多。

"看,我捡到了一个漂亮的海星。"

"我挖到了好多扇贝,还有小花蛤。"

"你们看,这是什么?藏在石头缝里,被我发现的!"

"哇,一只小海胆!当心哦,海胆会扎人的……"

每一只小篓和小桶里,都装着大海的馈赠。

"蟹儿蟹儿快上钩,泥螺泥螺拾满篓。……"

在远处耀眼的阳光下,大海好像正在偷听孩子们的歌声。

爷爷也没有闲着。他手上提着一个口袋,一会儿弯下腰,一会儿站起身,把海水遗留在沙滩的塑料袋、空瓶子,还有破渔网、旧绳子、破布片、海藻什么的,都捡到了大口袋里。

"赶小海"的人,都带着满满的收获回家去了。像往常一样,小勇又陪着爷爷,坐在海边那块岩石上,望着平静的海面,还有远处的那些白帆……

"小勇,要记着哦,大海是鱼虾、螃蟹、乌贼和海鸟们的,也是咱们小渔村每个人的,一定要好好保护它,让它每天都干干净净的哪!"爷爷对小勇说。小勇知道,爷爷从小在海边长大。大海是爷爷的故乡、爸爸的故乡,现在也是小勇的故乡。

爷爷又在抽着他的海柳木的烟斗。海风吹着爷爷花白的头发,阳光映照着爷爷古铜色的脸膛。

"大海不会总这么平静，也有暴躁的时候……"爷爷对小勇说，"我像你这么大的时候，已经跟着大人出海了……"

"跟着您的爸爸和爷爷出海去吗？"小勇问道。

"是的，他们都是勤劳、辛苦的渔民……"爷爷点了点头，望着远处的大海说。

"有一天早晨，风浪有点大，爸爸和爷爷没有让我上船……就是那一天，海上突然掀起了风暴，他们再也没有回家……"

爷爷长大后，成了一位船长，也见过海上最大的风浪。当爷爷老了，就常常独自坐在这块岩石上，一个人对着大海凝望。小勇觉得，爷爷满脸的皱纹，也像起伏的波涛的形状。

"大海的子孙，永远离不开大海，也从来不肯向风浪低头！这是我小时候经常听我爷爷讲过的话。"爷爷说，"小勇，你也记着哦。"

"爷爷，我都记住了！"小勇说。

"等有一天，爷爷不在了，你就去那个山顶上，把我的骨灰撒掉，傍晚的风会吹过高高的山顶，把我带回大海去……"爷爷指了指海边的一个山顶说。爷爷眼里浮闪着泪花。不用说，在这位老水手的心中，一定正翻涌着汹涌的波涛。

"爷爷，天不早了，我们回家吧？"

"好，回家去。"

小勇让爷爷提着小篓子，自己背起爷爷的大口袋，慢慢地朝村里走去。小渔村的一栋栋海草房子，在晴和的阳光里闪耀着金光。

回到家里，奶奶高兴地递给小勇一封信："小勇你看，你叔叔又来信了。"小勇迫不及待地拆开了叔叔的来信。

"小勇你好！你不是一直想看看，我们的国产航空母舰'山东舰'的样子吗？寄给你一张照片，你看，我就站在雄壮威武的'山东舰'上……"年轻、英俊的叔叔和他的战友们，都穿着"浪花白"的军装，手握钢枪，自豪地站在"山东舰"上……

"小勇，你知道吗，每一艘航母，每一艘军舰，都像蓝色的海疆一样，是我们神圣不可侵犯的'流动的国土'，是我们的'蓝色国土'。我期待，在不久的将来，你也能像叔叔一样，穿上真正的海魂衫，来守卫我们的蓝色国土哦！……"

小勇捧着叔叔的信和照片，看了一遍又一遍。

"小勇，吃饭啦，快来品尝你和爷爷'赶小海'的收获吧。"这时候，奶奶把热腾腾的海货端上了饭桌。

"咱们胶州湾的小海货，就是比别处鲜美！"小勇一边享受着美味一边说。

爷爷笑着给小勇剥开了一只肥胖的海蛎子说："说的是呀，大海不会亏待自己每一个勤劳的子孙……"

"爷爷,要是有一天,我真的能像叔叔他们一样……"小勇一边吃着海蛎子,一边羡慕地说,"爷爷你说,我能吗?"

"能,能,怎么不能啊?"爷爷握着海柳木烟斗,笑着露出剩下的寥寥几颗牙齿,说,"这片海啊,现在不就是你,是你们这一代人的吗?"

是啊,勇敢的海鸥和海燕,喜欢迎着高高的浪尖歌唱,真正的水手和船长,从来不会害怕风浪,目光永远朝着远方。

海边的孩子,永远是大海的未来。只有大海,能让他们坚强地成长,给予他们像海洋一样宽阔的胸怀。

山里的细妹子

——— ✳ ———

温室里开不出耐冬的花卉,生活永远也不相信眼泪。

30 年前我大学毕业后,在鄂南的阳新县文化馆工作过几年。这是一个边区小县城,地处湘鄂赣交界的幕阜山区。我当时的工作就是深入幕阜山中的穷乡僻壤,去搜集民间故事、民间歌谣和采茶戏唱本,也给一些乡镇文化站和乡村小剧团修改戏本,做一些创作和演出的辅导工作。这种身份当时叫"文化辅导干部"。

在幕阜山中的崇山峻岭间走村串户的那些年,是我迄今"最接地气"的一段生活。那时候有一些偏远的小山村还没有通上电,需要走夜路时,房东老乡就会举着松明子或点上"罩子灯",给我引路和照明。翻山越岭走累了,呼啸的山风为我擦拭汗水;渴了乏了,就喝上几口清清的山泉水,浑身顿时又涌上了力气;饥了饿了,走进任何一户人家,都能吃到热腾腾的、散发着柴火气息的锅巴饭、红薯饭、板栗粥和老腊肉。

可惜的是没过几年，我就离开了幕阜山区，调到省城工作了。但我对那里的一草一木是充满感情的。离开那里很多年了，我还常常怀那翠绿的茶山、青青的楠竹林，还有那漫山遍野的野板栗树，也怀念那散发着柴火气息的锅巴饭、红薯饭和板栗粥。

大约是在半年前吧，我突然接到一条陌生的短信，写信的人称我为"叔叔"，说是寻找我寻找了很多年，今天总算联系上了。她问我是不是还记得一个名叫"细妹"的小女孩？我茫然地想了好久，实在想不起细妹是谁了。我问她，寻找我是有什么事儿吗？为什么还寻找了很多年？于是她又接连发来了好几条短信，给我说明了事情的原委。

原来，这个细妹子的老家就在幕阜山区，在鄂南和江西省武宁县毗邻的一个偏僻的小山村。大约在十五六年前，她在家乡的小学里念书，刚刚考上初中，却因为家里贫穷就要失学了。她在学习上一直很用功，在学校里成绩也很好。她多么想继续上学念书啊，可是家里又拿不出给她交学费的钱来。无奈之下，她记起从一本《少年文艺》上看到过我写的散文，知道我曾在她的家乡幕阜山中工作和生活过，于是，这个细妹子就鼓起勇气，给我写了一封求助的信，寄到了《少年文艺》杂志社，让杂志社转给了我……

那时候我正在省城里的少年儿童出版社当编辑，工作之余

也给孩子们写一些儿童文学作品。说老实话，那些年我也经常会收到一些小读者的来信，有的来信地址就是来自偏远山区的。碰到这种情况，我一般会去买一点文具或几本书，或者从出版社的同事那里收集一些适合他们阅读的书，给孩子寄去。有的来信上写明白了是需要一点钱的，我也会赶紧100、200地寄一点去。那时候我的收入并不高，平时手头也不会有更多的钱，能够毫不犹豫拿出来的，也就只有100、200。无论是书还是钱，只要寄去了，事情也就过去了，我自己也就不再记得了。因为像这样的小事，在我看来是自己力所能及的，实属举手之劳，夸大一点说，也算是"助人为乐"吧，那些年里可真没少做。有一两年，省妇联家庭和儿童工作部的同志还给我颁发过"爱心证书"之类的奖状，那未免是有点小题大做了。

　　细妹子告诉我说，那年夏天，她给我写了那封信后，过了个把月也没有见我回信，渐渐地就不再指望什么了。可是，就在学校开学前夕，她已经死了心，准备弃学的时候，她的班主任老师高兴地给她家送来了一张300元钱的汇款单。"叔叔，你看你都不记得了！可是你知道吗，要是没有你寄给我的这300元钱，我连初中都读不成了！"细妹子说。她还告诉我说，在汇款的同时，我还给她写了一封信，鼓励她不要灰心，要像一个坚强的小男子汉一样去战胜困难，云云。她说，这封信她至

今还保存着。

那么，后来呢？我询问细妹子后来的经历，她告诉我说，十几年来，她不仅念完了初中，念完了高中，还念完了大学！大学毕业后，她先是到南方的一家企业打工了几年，前两年又到了上海，进入了上海的一家公司工作。她珍惜每一次工作机会，工作上一直很努力，现在已经是一个中层了，前不久还受公司委派，独自到印度工作了一段时间……

多么争气和上进的孩子啊！有道是"天道酬勤""梅花香自苦寒来"，这不是发生在我身边的又一个真实的励志故事吗？

不知道为什么，在得知细妹子的这些经历的当天晚上，我竟难过得一整夜都没有入睡。我在心里感到惭愧啊！我想得最多的是，当初为什么没能多给她寄去几百块，而只寄了区区300元！要知道，那时候，只要再多一点点钱，就能帮助这个好学上进的孩子实实在在地解决多少难题、渡过多少难关啊！

"细妹子，那你这些年来一定吃了不少苦吧？你后来上高中、上大学，每年的学费是怎么解决的？"我对这个孩子实在是放心不下。

"除了靠爸爸妈妈养牛、插秧、砍楠竹做竹器挣来的钱，再就是靠我带着弟弟打板栗、采野山茶、编竹凉席去卖赚钱，除了给自己挣学费，还要给弟弟挣学费。"

"为什么没有再给我写信呢？如果你再写信告诉我，我还可以继续帮你哪！"

"哪里好意思再找叔叔呢！有了叔叔寄来的那些钱，还有，一想起叔叔在信上鼓励我的话，我就什么困难也不怕了！"

"那你考上省城里的大学了，也应该找一找我啊，好让我高兴高兴！再说，那时候我们都在同一座城市，我也比以前更有条件帮一帮你了……"

"那时候真的是找过叔叔了，很想亲眼看看叔叔，可是找到了你写信地址上的那条街，你们单位已经搬走了……"

我明白了，其间，我所在的出版社确实搬到了另外的地方，我自己也辗转调到了另外的单位，这也就是细妹子再也没有找到我的原因。

那一夜，我辗转反侧，难以成眠。我一遍遍地想象着这个在偏僻的幕阜山区，在风雨中的野板栗树下，艰辛地生活着、坚强地成长着的细妹子。我也想到了，20世纪90年代，我曾经为那些告别自己的家乡、挤上南下的火车，纷纷涌到南方去打工、去寻找前程的农村的年轻人，写过一首诗——《祝福青春》：

温室里开不出耐冬的花卉，生活永远也不相信眼泪。告别了亲人，告别了故乡，告别了青梅竹马的同学姐妹，让火车载你们驶向远方，驶向异乡的山山水水……从没见过机器轰鸣的

流水线，不知道流水线上的那份劳累；从没见过大城市的灯红酒绿，不知道红绿灯下的冷漠与疲惫。但从此以后你们将去经受，这茫茫人海的风霜雨雪；从此以后你们将去尝遍，这滚滚尘世愁苦的滋味……

我想到，当我为这些远离故乡的孩子写着祝福的诗歌的时候，细妹子不也正是他们当中的一个吗？有谁见到过她挥别故乡、走向远方时，那无奈和无助的目光与眼泪呢？有谁想到过她从这个城市去到另一个城市，其间又经历过怎样的辛苦、怎样的疼痛、怎样的酸楚呢？

我在《祝福青春》的末尾还写过这样的话："现在，且接受我这无力的祝福吧，你们这些像我的少年时代一样的，正在走向生活的小姐妹。要生存，先把眼泪擦干！来吧，让我们含笑为青春干杯——祝青春无恙，祝青春无怨，祝青春无愧也无悔！大路在前，来日方长；理想万岁，青春万岁！"好像是原本就有某种因果联系，诗中的这些话虽然也是无奈和无力，却也正是我对细妹子、对他们这一代在艰难中成长起来的乡村儿女的深切祈愿啊！

所幸的是，从家乡的野板栗树下走出来的孩子，终于长大了！

前不久，细妹子有了几天休假日，从上海回故乡途径武汉时，

我们相约见了一面。站在我面前的，远非我想象中的一个在外地打工的农村女孩的样子，而是一个落落大方、乐观自信的年轻的职场女孩形象。我从眼前的细妹子身上，仿佛看到了幕阜山区今天和未来的希望！

我仔细地询问了她在上海的工作情况，还有她父母和家里的生活状况。父母年纪大了，还在老家种秧田、收板栗，家里还有一小片茶园，弟弟妹妹都在省城或外地打工。

"叔叔，您放心吧，现在，无论是我们家，还是幕阜山区其他地方，都像冰心的《小橘灯》结尾写的那句话一样：因为我们'大家'都'好'了！"细妹子乐观地笑着，安慰我说。

细妹子说得多好啊！大家的日子，都慢慢地好起来了，这是多么值得高兴的事情，这样的日子，来得又是多不容易啊！

细妹子的乐观和坚强，让我对她的未来充满了信心，同时我也能感到，她身上依然保持着农村孩子质朴、节俭的美德。她告诉我，她目前在上海的收入不算高，她平时也不会像别的女孩子那样经常去购物，更不去追逐名牌衣服、鞋子和奢侈品，经常穿的就是公司配置的职业装……

哎，细妹子，你是一个多么懂事的好孩子啊！

"以后只要有休假日，或者我出差到武汉，就一定来看您，好不好？"

"细妹子,那叔叔真是太幸福了!好啊,好啊,细妹子,真好啊……"我在心里,像赞美我自己的女儿一样,由衷地赞美道。

细妹子临走的时候,我在信封里装了10000块钱塞给了她。细妹子开始说什么也不肯要,我叮嘱她说,不要太委屈自己,在上海那样的城市里生活,应该给自己置办一两套像样的衣服和鞋子的。其实,在我的心里,还有一点想弥补一下当年寄给她的钱太少的遗憾。我知道我这样做,真正能获得欣慰和心安的,是我自己。

"真是太感谢叔叔了!您依然把我当成十几年前的那个小女孩。"

"不,是叔叔应该感谢你!还有我们……这个国家和社会,都应该感谢像你这样坚强和懂事的孩子!"

细妹子走了,回去看望她的家乡和父母去了。我的心好像也跟着她一起重新返回了幕阜山中……

我想到了幕阜山中那漫山遍野的野板栗树。是啊,那些野板栗树有着多么顽强的生命力啊!哪怕是在最瘠薄的山冈和坡地,哪怕是在阳光照耀不到、人们的目光看不到的地方,一棵幼小的野板栗树苗,也能默默地长成枝叶纷披的大树。扎根、生长、伸展、开花、结果,最终,野板栗树捧给人们的,是满

树金黄和坚实的果实,是满树的芬芳和甘甜。即便是在晚秋和冬天,每一棵大大小小的野板栗树上的枝枝叶叶,都化作了深厚的泥土,但是谁又能担保,已经变成了泥土的野板栗树的枝叶和果壳,不在又一个崭新的春天到来的时候,又萌发出翠绿的生命的新叶,结出更加丰硕与甘甜的果实,来安慰着和养育着一代代在野板栗树下长大的乡村孩子呢?

红色油纸伞

———— ✳ ————

然后，我们离开了妈妈，继续往前逃难。

献给我的恩师、诗人曾卓先生。

这个故事是他真实的童年经历……

我记忆中的妈妈，是世界上最美丽的妈妈。

妈妈的模样，一直停留在我的童年时代，从来也没有消失过。

那时候，我家窗外有一片小小的草地。我和小伙伴们在草地上踢足球，妈妈就坐在小窗边，一边为我缝补衣服，一边看着我们奔跑、欢呼。当我偶尔抬起头，看见妈妈正在窗边，含笑望着我……

上小学五年级的时候，我在一次演讲比赛中获得了第一名。校长亲自给我颁发了奖品：一支小小的带着黑色剑鞘的七星剑。

回到家，我满怀骄傲地把小小的七星剑交给了妈妈。妈妈高兴地把我紧紧搂在了怀里。

我知道，在妈妈的心中，一定正浮现着我灿烂的未来。

我们生活的那座江南小城，是一个多雨的地区。每逢下雨的时候，妈妈就会撑着一把红雨伞，送我穿过深深的、铺满青石板路的小巷，到小学校里去。小巷的青石板路上，闪耀着亮晶晶的水花……

放学的时候，妈妈也会一直站在小巷口等着我，撑着红雨伞接我回家。

我知道，妈妈生活得很孤单、很忧伤。因为那是战乱的年月，爸爸很早就离开了我们。

我问过妈妈："爸爸到哪里去了呢？为什么还不回家啊？"

妈妈叹息一声，说："爸爸在很远的北边，那里正在打仗……"

我看见，妈妈的眼睛里闪着晶莹的泪光。

不久，战火也渐渐逼近了我们生活的这座小城。

那是1943年的冬天，日本侵略者向我的家乡发动了猛烈的攻击。许多人家都开始逃难，逃到四川和重庆的山区去了。

我们生活的小城，笼罩在一片兵荒马乱之中……

眼看着无法再在家乡生活下去了，我的爷爷、叔叔、婶娘，也离别了自己的故土，从乡下逃难过来，接上妈妈和我，一起向南方逃难。

这是一个风雨交加的季节。妈妈的身体本来就虚弱,因为连续的惊吓和奔走,又冷又饿,逃到贵州的时候,妈妈得了重病。

但是妈妈每天还是拼命挣扎着,跟着全家人一同步行。我扶着妈妈,感觉到妈妈全身都在颤抖……

几天以后,妈妈终于支持不下去了。

这时候,又风传日本人的骑兵就要到达这里。

那天,在一道破败的土墙边,脸色苍白的妈妈坐下来,对家人说:"我实在一步也走不动了,我不能拖累了全家,你们好好带着庆冠先走吧……""庆冠"是我小时候的学名。

我可不愿意就这样撇下妈妈。我对妈妈说:"不,我要和妈妈一起走……"

妈妈吃力地叮嘱我说:"儿子,听妈的话,跟着爷爷、叔叔和婶娘赶快离开这里,要好好地活下去,将来好好念书,妈就喜欢……"

"不,我不让妈妈一个人留在这里!"我哭着说。

"不用担心妈妈,"妈妈凄然地笑了笑,把那把红雨伞递给我,说,"到了重庆,安顿下来后,一定要去打听到你爸爸的消息……"

"拜托你们,一定好好照料我的儿子,他还小……"

这是妈妈说的最后一句嘱咐爷爷、叔叔和婶娘的话。

然后，我们离开了妈妈，继续往前逃难。

妈妈身边留下的唯一的东西，就是我在演讲比赛中得到的那件奖品：那支小小的七星剑。

我回过头，看见妈妈艰难地倚坐在那道破败的土墙边。

妈妈扶着那支小小的七星剑，吃力地向我扬着手，一直望着我们在逃难的人流中渐渐走远了……

这是我最后一次见到的妈妈。

从此以后，我再也没有找到过妈妈。

在异乡的土地上，没有一片遮风避雨的屋檐，身边也没有一个亲人，没有一张熟识的脸，眼前匆匆走过的，都是惊慌的逃难的人群，耳边响着的是凄惨的呻吟声和呼喊声，而日本强盗的铁蹄，随时就会踏过来……我不能想象，当时正处在饥寒交迫和病危中的妈妈，会有着怎样的遭遇。

有多少次，我在心里默默呼唤着："妈妈，妈妈，你在哪里呢？"

两年后，日本强盗被赶走了，漫长的十四年抗战结束了。

但是，战争永远夺走了我最亲爱的妈妈和我的童年。

——不，战争不仅仅夺走了我的妈妈和我的童年，苦难的战争毁掉了多少家庭、亲人和孩子的幸福啊！

又一个多雨的季节来到了，我们回到了熟悉的家乡小城。

　　小巷里的青石板路还在,妈妈留下的红雨伞还在。可是,我最亲爱的、美丽的妈妈,却永远不在了……

小溪奔向大海

———— * ————

要为各自所选定的理想奋斗到底，甚至不惜献出自己的生命……

  30多年前，我们那个靠近大海的小山村还算是比较热闹的，村里有不少年轻人和童年伙伴，尤其是放暑假和寒假的时候，在外面上学念书的人都回到了村里，即便是再苦再累的年月，小小的山村里也飘荡着年轻人的歌声和欢笑声；村口通往外面的乡村大道上，也总能看到年轻的小伙子和姑娘们挥舞着长鞭，赶着骡马大车，往谷场上运送麦垛和玉米垛，或者往田野上运送肥料的景象。大车应和着响鞭驶过去了，一路上洒下了青年男女朗朗的嬉笑声。

  那时候，我也经常和村中几位要好的伙伴一起，站在家乡高高的山巅上，甚至攀爬到山顶的那些高大的、结满松塔的松树上，遥望远方的天空和天空下蓝得耀眼的海角。我喜欢看那隐隐约约、总是看不到尽头的海平线，喜欢看在海面上缓缓移动着的白色帆影……

有时候，我们也沿着丛林和芦花飞舞的山道，在暴风雨里骄傲地奔跑，"哟嗬嗬"地高声呼叫，一边奔跑和呼叫，一边挥动着草帽和脱下的衣服，每一个小小少年，仿佛都怀着一颗无所畏惧、勇往直前的心。当夏日的骤雨过去之后，天地间一片澄净，美丽的彩虹升起在山那边，大海上有大团大团的白云在翻涌、舒卷，就像有一双看不见的巨手在推动着白色的群山。

那些年月里，故乡胶东半岛上的日子还比较艰辛和贫困，我们这一茬儿少年又正处在长身体的时候，经常要为衣食发愁，被饥饿折磨着。感谢故乡大地的恩赐，田野里、河溪中、树木上，凡是能够填饱肚子的东西，无论是野菜、野果、榆钱、植物的块根和嫩茎，还是偶尔从鸟巢里掏到的鸟蛋，在草丛里捡到的野鹌鹑蛋，从田鼠的地洞里挖到的粮食，从河溪里摸到的鱼虾，还有生产队里尚未成熟的瓜果、豌豆、花生、玉米和麦穗，还有在田野烧熟的蚂蚱、豆虫之类的昆虫……只要是能塞进口里的东西，都在喂养着我、滋育着我。我也分明觉得，自己的身体正在迅速地发育和成长，我的身高、体重、肺活量，都在一天天地发生着变化。我就像从冻土地上苏醒过来的冬小麦一样，正在顽强地返青、拔节和抽穗，即将脱颖而出。而且，我的头脑中也开始拥有了一些奇怪的想法——夸大一点说，就是已经隐约地怀有某种幻想和抱负了。

当时,我已经读过高尔基的自传三部曲《童年》《在人间》和《我的大学》,还读过一本不太完整的艾芜的小说《南行记》。我牢牢地记住了书里的这些话:"生活条件越是困难,我就觉得自己越发坚强。人是在不断反抗周围环境中成长起来的。""就是这个社会不容我立脚的时候,我也要钢铁一般顽强地生存!"

还有孟子的那段励志的名言,我也时常默默念叨过,安慰着自己少年的心:"天将降大任于斯人也,必先苦其心志,劳其筋骨,饿其体肤,空乏其身……"

也就是在这样的年月里的一个暑假,我在家乡小镇的供销社里,买到了一本薄薄的、定价只有 0.11 元的儿童小说——白桦先生的《小溪奔向海洋》。和现在的书籍相比,那时候书的定价真是便宜,一套四卷本的《约翰·克里斯朵夫》,也只要三四块钱。但即使再便宜,我也总是囊中羞涩,只能偶尔买一两本价格最低的"解解馋"。其实,那个时候也没有更多的书供你购买和挑选。《小溪奔向海洋》只是一篇短篇小说,印成书也只有薄薄的 40 页,搁在今天,是不可能印成一本单行本的。然而那时候竟然就能印成一本美丽的书,并且是由著名画家董辰生画的彩色封面,还有十几幅生动的黑白插图。

就是这本薄薄的小书,真的如同一条明亮的、奔流不息的小溪,把我的心从家乡的村庄和田野上,从家乡清清的小河边

和河边青色的山坡上,引向了远方辽阔的海洋……

这篇小说讲的是一个名叫顾杰的苦孩子,只有13岁,却由贺龙将军亲自批准,加入了八路军赫赫有名的一二〇师,成了一名光荣的小八路,从此走上了为人类求解放、为中华民族争取独立和自由的革命道路,并且在一次次执行任务中磨炼了意志、增长了智慧,最终成长为一名杰出的战士。

白桦先生不愧为一位优秀的抒情诗人,他的这篇小说字里行间流淌着美丽的诗意,散发着浓浓的抒情气息。在小说一开头,他先向读者提出了一个问题:"谁知道江河是怎么形成的吗?"

接着,他用一段优美的散文诗般的语句,回答了这个问题:

"其实,所有汹涌澎湃、浩浩荡荡的江河,在开始的时候,仅仅是些清净、冰冷的泉水,集聚在一起,在坡度比较大的山谷里活泼起来,形成幼小的江河——溪水,她欢歌跳跃,横冲直闯,爱怎么流就怎么流,花费了很多精力,走了数不清的冤枉路,那么曲折,几乎每一步都有一个弯儿。后来,有许多小溪找到了共同的方向,道路就越来越直了,成了江河,看起来变得庄重了,沉默了,拘谨了,但她却有了不可阻挡的力量,坚定不移地前进着,前进着,奔向海洋,奔向太阳……"

30多年前,当我坐在故乡村东小河边的一个高高的瓜棚上,第一次读到这段文字时,眼前的一条清亮的河水,正在哗哗地奔

向远方；我甚至还隐隐地听到了，在不远的远方，在大山的那边，辽阔的大海正在涌动着不息的潮声，好像是在召唤着我向她奔去……那一瞬间，我的眼里无声地噙满了青春的泪水。

小说开头这段美丽的文字，我再也没有忘记过。在《小溪奔向海洋》的故事最后，作者写到了1977年夏天的一幕：那位在战争烽火中百炼成钢的的小八路顾杰，已经成了我军的一位高级指挥员、一位赫赫有名的军长，他正在万里长江上指挥着一场武装泅渡和登陆演习，而这时候，曾经把他扶上战马、一步步引领他成长起来的贺龙将军，已经永远离开了我们。小说结尾的句子是：

"我清楚地看见，大江的水流沉默而庄重，但她有了不可阻挡的力量，坚定不移地前进着，前进着，奔向海洋，奔向太阳……"

回忆起坐在故乡的瓜棚上，陶醉地读着这本小说的情景，当时的天气、环境、小河的流水声、田野上的云影，还有自己双眸湿润、心跳加快的感受，都历历如在眼前重现。

我当时也曾想象过，自己就像故乡的一条小溪，正在积攒着一点一滴的水珠和奔流向前的力量。在未来的日子里，我也将绕过小小的村庄边缘，绕过青青的山坡脚下，穿过那些幽深的、茂密的苇草和倒伏下来的树丛的阻拦，甚至冲过河流中间那些

大石头，一直向前奔流、奔流，奔向自己的海洋和太阳！

我相信，每一个人，在他的一生中，都会有一个如此美好和值得回味的时刻：朝气浩荡，壮志凌云，情不自禁地会为自己远大的抱负而感动，甚至也幻想着踏上为美好的理想而奋斗的旅程，哪怕是苦一些、累一些，流汗、流泪、流血，也在所不辞、无怨无悔，并且也憧憬和期待着终有一天，会有一双温柔而明亮的眼睛，在远方等待着自己、注视着自己，然后和我一道前行……

此刻，回忆起这个夏天的这段经历，我也不由得想到了另外两位也是10来岁的少年的故事。1827年春天，一个玫瑰色的黄昏，两个浪漫的俄国少年：14岁的赫尔岑和他的挚友13岁的奥格辽夫，相约来到莫斯科郊外的麻雀山上。面对着正在渐渐西逝的太阳，这一对少年伙伴心潮澎湃，默默在心中发誓：要为各自所选定的理想奋斗到底，甚至不惜献出自己的生命……

若干年后，赫尔岑成了俄国著名的社会哲学家、政论家和文学家；奥格辽夫成了著名的民主主义革命家和诗人。有一天，当他们回想起少年时代的这个黄昏，赫尔岑仍然禁不住热泪盈眶。"不必再说什么了，"他这样写道，"我们的整个一生，可以为它作证……"

啊，小溪奔向海洋，这是一个多么坚定、庄严和美好的目

标啊！——我能做到吗？坐在故乡的小河边，我曾这样问过自己。

一位童话作家说过，小溪流有一支不知疲倦、永远也唱不完的歌；当小溪流汇入了无边无际的蓝色海洋，巨大的海洋也在唱着小小溪流的歌：永远不停息，永远向着远方……

果然，就在读过《小溪奔向海洋》这本小书之后不久的日子，我毅然告别了故乡，朝着自己憧憬的明天奔去了。那时候，我似乎已经懂得了，我应该怎样去好好地生活。

少年壮志不言愁

※

你出去一定要把书念好了,要混出个样子来给人家看看……

我常常怀念故乡村边的那座老磨坊,怀念在老磨坊里一起长大的,我的童年时代的小伙伴们。

在那动荡而贫穷的年月里,老磨坊啊,你用你低矮、狭窄的屋檐庇护过我们,温暖过我们。你是我们寂寞童年时代里的乐园,是我们每一个孤独的乡村孩子的温暖的避风港,是那些大风雨、大风雪的日子里的一小片温和的晴空。

多少往事与景象,都被时光的流水冲走了,而老磨坊,还依然牢牢地矗立在我记忆深处,成为我遥远的童年时光的默默见证。

老磨坊,告诉我,你还记得那个坚强的少年——小水哥吗?

在我们那个小村里,在那条联结着高高的大青山的小街上,小水哥的爹,虽然长得高高大大,却是一个出了名的酒鬼,一个活得窝窝囊囊的庄稼人。

单说过日子吧,春天里不用说,除了生产大队队部里的几个干部,其他社员家里都是一律的难度春荒,一天能有几个苞米饼子吃吃,也算是过年了。到了秋后,按说家家都会分到那么一点点粮食,会过日子的人家自会精打细算,比如把细粮背到集上去,换来多一点的粗粮。不会过日子的呢,就像小水哥的爹,他可不管那么多,先让小水背上半口袋麦子去集上换几瓶酒回来再说。他也不要下酒的菜,其实是没有什么菜,也不要酒盅,就那么对着酒瓶咕嘟咕嘟地灌上一气。好像白酒就是他的饭,就是他的"救命仙丹"一样。

可是,酒终究是酒。一喝,他就醉得不成样子。一醉,就亲爹亲娘地哭天号地。平常的日子原本就过得窄窄巴巴的,艰难不堪,再加上小水哥的娘过世得早,撇下大眼瞪小眼的几个孩子,小水哥是老大,你就可想而知小水哥的家境是多么酸楚,多么郁悒、寂寥了!天知道一年三百六十五天,他家的日子是怎么熬过来的。

小水哥就在这样一个环境下艰难地成长着。他是一片稗草中的青谷,是一颗在混乱中闪烁的星星。

爹不争气,可是小水哥却有着比村里其他小伙伴更高的志气和骨气。他起得早,贪得黑。他上了坡,能扶犁,会打垅;回了家,会刷锅做饭,也会哄弄弟弟妹妹,甚至还会缝缝补补。

这都是让生活给逼出来的。谁知道小水哥为此默默地忍受了多少委屈!

到生产队里参加集体劳动,那些干部家的子弟都是带着白面馒头,有点故意炫耀似地在同学面前大咬大嚼,大吞大咽,既馋人又气人;小水哥却什么吃的也没有,饿着肚子躲到山背后去搓一把青嫩的麦粒偷偷塞进嘴里。

没有人看见他躲在哪里,我看见了,便悄悄地跟了去,把仅有的两个熟土豆和他分着吃了。小水哥吃完抹抹嘴说:"小弟,听说大爷爷的腰闪了,好利索了没有?我家里还有一点蛇酒,傍黑天我给大爷爷送去。"

他管我爷爷叫"大爷爷"。我说:"小水哥,我爷爷在山上给你刨了点臭瓜根,都晒好了,叫你抽空拿去卖了,给你妹妹买双球鞋吧。对了,你参这两天好像没再号天哭地的了?"

"早就没酒了,连地瓜干都吃完了。幸亏前天我舅舅背了一布袋苞米来,要不真是揭不开锅了。真是愁死人了,小弟,有时我真想我那不争气的爹早点死了算了!"我看见小水哥的眼里含着泪水。他是气呀!

我赶紧安慰他说:"快别这么想,小水哥。我叫爷爷再去好好数落他一顿。这样好不好?咱们明天晌午叫上四妹、小兆他们,上一趟大青山,捉一晌午的蝎子,卖了钱都给你。你不

用愁,'天无绝人之路',爷爷不是常常这么说吗?"

"大爷爷待我一家人真是太好了,我一辈子也忘不了他老人家的好!"

我回家把小水哥的话和他家的境况说给爷爷听。爷爷叹息着说:"难哪!真是难为这个孩子了!小水他爹怎么就这么不成人呢!"爷爷的东厢房里又传出一阵呛呛的咳嗽声。

爷爷是我们全村人里最受尊敬的长者,家家户户的忧乐和悲欢,都牵系在他的心上。如果说,爷爷是村里老一辈人的主心骨和引路人,那么,小水哥就是爷爷真正的"传人",是我们这一茬儿小伙伴的兄长了。而老磨坊,成了小水哥召集我们聚会议事的"聚义厅"。有什么心事,能瞒过那座老磨坊呢?

比如说吧,四妹是我们村人人疼爱的小丫,还未成人,她的后妈就要把她嫁到山外。四妹哭着跑到老磨坊来跟我说,我没主意,撒腿就去找小水哥。小水哥撂下饭碗就跑来了。

小水哥赤着脚蹲在碾盘上,听完了四妹的哭诉,说:"四妹,你不要怕,先在这里等等我们。"说完拉起我就去了四妹家。

见了四妹的后妈,小水哥开门见山地说道:"大婶子,你可是个明白人,怎么这下就糊涂了呢?你这不是明摆着让村里人戳你的脊梁骨吗?四妹妹可是咱村人人疼爱的小丫,高中还没有毕业呢!"

四妹的后妈只顾忙自己的，不打算搭理小水哥。小水哥看出来了，又说："大婶子你要是真的容不下四妹，那就让她搬到我家去住吧，做我的亲妹妹，我爸也会同意的，反正是挨饿，多一口少一口，只要四妹乐意就行。"

四妹的后妈这下开口了："小水呀，你待俺闺女好，俺知道。可大婶我也是没法子呀！她那个哑巴哥哥总不能打一辈子的光棍吧？"

"好哇大婶子，原来你是要拿四妹去给你那哑巴儿子'换亲'呀！亏你想得出来！"小水哥一急，拔腿就去找我爷爷。

爷爷听了，烟袋锅往炕上一扔，吩咐小水哥说："你去给我把四妹的后妈叫过来，就说我要听听她的打算。我就不信，还反了她了！咱村里的大妹、小丫被逼出去的受的苦还少吗！老母鸡还知道疼爱自己的小鸡哪！"

四妹的后妈当然不敢来见我爷爷。就这样，因为有爷爷和小水哥这一老一少的阻挠和保护，四妹终于没重复村里大妹、小丫的命运。

那一天，她在老磨坊里扑通一声跪下说："小水哥，你要是不嫌弃，等我长大了就做你的媳妇。"

小水哥满脸羞红地拉起四妹说："你傻呀！你看你傻到哪里去了！要谢得先谢大爷爷。你回去，不用怕你妈，有什么委

屈还到老磨坊来找我们。早些长大吧,长大了就好了……"

那一年,我 14 岁,小水哥 16 岁。

又过了两年,我家也连遭不幸。爷爷过世了,我妈妈也因病去世了。我家的日子沦落得跟小水哥家一样。

记得送爷爷上山那天,小水哥拉着他衣衫褴褛的弟弟妹妹,一字排开,跪在爷爷的棺材前号啕大哭。

小水哥哭得最伤心。他哭着说:"大爷爷,您就这么撇下我们走了呀!您不是说要活到我长大,好让我养您的老吗?大爷爷……我还没有报答您啊!"小水哥待我爷爷,像待自己的亲爷爷一样的亲。

以后,小水哥每次打柴拾草,都要背着篓子到大青山上爷爷的坟前去坐一会儿,有时还会去哭一场。他把学校奖给他的一个笔记本和一支钢笔,卖给了一个有钱的同学,去买来一些香烛和一些纸钱,点在爷爷的坟头上……

家乡的日子艰难得实在过不下去了,我决计要离开我们那个小山村,到江南去找我早年当兵出去的伯父。

我把这个想法告诉了小水哥。小水哥还是赤着脚蹲在老磨坊的碾台上,沉默了半天,然后站起来说:"也好,你去吧,小弟,我小水这辈子是出不去了,就留在咱村种一辈子的庄稼吧。你去,好好地闯荡几年再回来。不过,可别把咱爷爷、

咱村和咱这些小伙伴给忘了。过几年我们还在这老磨坊里等你回来。你出去一定要把书念好了,要混出个样子来给人家看看……"

那天,在老磨坊里,小水哥一直和我说到起雾时分。星星在村庄上空冷冷地闪烁着。我们心里好像有着说不完的话。我知道,有了小水哥的鼓励,我离开家乡出去闯荡的信心更坚定了。

那年寒假,小水哥跟着村里的大人赶着毛驴去了一趟海边,帮人驮了几趟咸盐,挣了 10 来块钱回来。他特意买了一把雨伞送给我,我不要,他说:"一定要带上,听人说,江南天天下雨。你也知道,我家穷得实在拿不出什么送给你,都怪你小水哥没本事啊,原想养的那只鹅会下几个蛋,煮上给你带着路上吃的。我对不住你呀,小弟,你放心,大爷爷的坟我会好好照看着,你家的事就是我家的事……"

我们流着泪,在老磨坊里度过了最后一个黑夜。第二天早晨,天蒙蒙亮,我就冒着大风雪,依依不舍地离开了生我养我的那个小村庄。

当我站在大青山的山道上,回过头再看一眼这个小山村时,我在心里说道:"安息吧,爷爷!多保重啊,小水哥!"

许多年过去了。

现在，我和小水哥，还有四妹、小兆等一大群伙伴都已经长大成人了。生活驱赶着我们，各自在不同的地方，送走了同样是风风雨雨、坎坷艰辛的少年时代，送走了许多浸满了泪水和汗水的奋斗岁月。

意想不到的是，小水哥如今成了我的家乡大青山一带人人皆知的农民企业家。他的弟弟妹妹，有的上了大学，有的正在他所经营的村办企业里做工。小水哥来信说过，他们的产品远销韩国等地，前景可观……

我曾想到过，依照小水哥当年的学习成绩，高中毕业后去考一个大学是不成问题的。他肯定是为了供弟弟妹妹们上学念书，自己做出了默默的牺牲。写信一问，果然是这样的。

更可喜的是，当年的四妹，现在真的成了我们的大嫂。因为村里的街坊邻居都站在爷爷、小水哥和四妹这一边，四妹的后妈后来也就不敢冒全村之大不韪而一意孤行了。如今，四妹成了小水哥的得力帮手，两个人一起把一个小小的村办企业侍弄得红红火火的。

那年夏天，我回到了久违的故乡。当年和小水哥分开时，我们都还是天真未凿的少年，如今相见，却都已经拉家带口了。

那座曾经庇护过我们、温暖过我们的老磨坊，因为村里要修公路，不得不拆掉了。但永远拆不掉的，是我们对于它的怀

念和感谢，是一颗颗在老磨坊里成长起来和变得坚强起来的少年的心，是一种不能拆垮的热爱乡土、忠于友情的凝聚力。还有我们对于生活和未来的坚定不移的信心和希望。

我回到故乡的第二天，小水哥就把能够找到的当年的小伙伴都聚到了一起。小水哥明显地操劳过度，头上都生白发了，但他说话的声调和神态仍像当年一样，那么坚定，那么乐观。

我们就坐在老磨坊的废墟上，沐浴着满天的星光，说笑着、畅谈着分别后的情景。

伙伴们告诉我，这些年来，小水哥完全继承了爷爷的遗愿，为全村的老老少少没少操心。村小学里的那两排新瓦房，就是他和四妹出钱盖的。为了鼓励村里新一代的孩子们好好念书，为全村争光，小水哥还在村小学设立了奖学金，奖励那些品学兼优的孩子。

说到这些，小水哥蹲在一角，摆着手说："快不要说这些了吧，咱们只要想一想，那些年街坊邻居们是怎么热诚地对待我们兄妹的，就会明白我小水的心。今生今世，我就是把自己整个变成牛马，我也报答不完乡亲们的恩情啊。可惜的是，大爷爷他死得太早了！要是他老人家能活到今天，能看到咱村现在的好日子，能看到咱这一茬儿伙伴都已长大成人，老人家该多么舒心啊！唉，一想起在大爷爷生前，我没有能力孝敬他老

人家一口水、一口饭,我心里就是那么的难受,觉得有罪一般!"

他这样说着,眼睛里已噙满了泪水。我们都把目光望向大青山。受人尊敬的爷爷,躺在那里已有20多年了!

小水哥说:"小弟,你在村里先转转看看。赶明天咱们带上孩子,一起到爷爷坟上去。"伙伴们说:"这些年,小水哥年年清明都给大爷坟去上坟,一去就哭得十分伤心。"

我紧紧地握住了小水哥粗大的双手。

小水哥擦干湿润的眼睛说:"小弟,你是好样的,没忘了咱们大青山。你给孩子们写书时,得告诉他们,咱这一代少年在过去的年月里所承受的贫穷、艰辛、委屈和忧愁。那样的日子,让他们知道一些,是很有必要的,不过,决不能再让他们去亲身经历了。让老磨坊作证吧,不,让我们高高的大青山作证吧,无论什么时候,我们还是应该好好劳动,好好过日子,把我们的生活变得更富足一些,更舒心一些……"

在我归来的那些日子,看不尽也望不够、一遍遍徜徉的是村里村外的每一个地方。我想到,过去的年月,留给小水哥、留给我们这些少年的忧愁和委屈,真是太多了,依我看,小水哥能有今天,我们的小村能有今天,这既是时代的必然,又何尝不是我的乡村伙伴们用自己的双手努力奋斗的结果呢?

最后,我又一次站到了那座老磨坊的废墟上。

"好好劳动,好好过日子,把我们的生活变得更富足一些,更舒心一些……"这是多么坚定的生活目标啊!对着生我养我的大青山,我在心里默默说道:"小水哥,你放心吧,我听你的!"

入团的日子

———— ✳ ————

没有丝毫的虚伪和矫饰的心,一切都是那么自觉和自然。

1975年秋天,我从村小学毕业后,考上了家乡的联中,继续去念初中了。那是一个贫穷和寂寞的年代。就像一本有名的外国小说的开头所写到的那样:那是最好的年代,那又是最坏的年代;那是智慧的年月,那又是愚蠢的年月;那是失望的冬天,那又是希望的春天……

对于我们这些乡村少年来说,本来正处在豆蔻年华,可是我们幼小的生命和心灵,却正在承受着依照我们的年龄所不能承受的重量。

古人说:"人生识字忧患始。"对我来说,人生的忧患是从初中生活开始的。我永远也不会忘记那发生在同一天里的两件事。

1976年9月9日,全中国和全世界都会记得这个日子。这一天,新中国的开国领袖、全国人民爱戴的毛泽东主席与世

长辞了。噩耗传来,我们小小的校园里,顿时响起了一片震天动地的痛哭声!

我记忆最深的是,有好几位白发苍苍的老教师,和我们的老校长一起,抱着刚刚收起来的作业本,俯在校园的红墙上痛哭着,好像自己突然失去亲人一样,那哭声,是那样惊天动地和撕心裂肺。

我们这些做学生的,看见自己的老师都在痛哭,也纷纷趴在各自的课桌上,呜呜地哭出声来。毛主席的像,就挂在我们教室的正前方,我们每天都能看见他。那时候每天上课前都要起立,向他老人家鞠躬。现在,毛主席依然那么慈祥地望着我们,望着我们这些因为他的去世而呜呜哭着的乡村孩子,好像正要向我们说出什么抑扬顿挫的话语来一样。

记得《卓娅和舒拉的故事》里曾说道,当他们听到列宁逝世的噩耗时,觉得周围的一切都变样了和黯淡了,这是因为,列宁对于他们不仅仅是一位领袖一位伟大、出众的人,不,他还是他们祖国每个人的密友和导师,在他们村子里和他们的家庭里发生的一切事,全是和他联系着的,全是由他那里发动起来的,人人都是这样想和这样感觉的……

这种情形,和我们当时的感受是多么的相似。是的,毛主席的逝世,也联系着我们的每一个村庄、每一个家庭、每一个人。

在我个人，还有另一个原因，让9月9日这个日子从此更加深刻地铭记在心了。这天上午，我刚刚在一张洁净、神圣的团员登记表上，按下了自己鲜红的手印。我的入团介绍人——两名神情庄重的同学，也在表格上按下了各自鲜红的手印。这就是说，从此以后，我已经是一名正式和光荣的青年团员了，我将时刻准备着为祖国、为人民的利益而贡献自己的青春和力量了。

我也清晰地记得，我在向学校团组织递交的入团申请书里，恭恭敬敬地抄上了我自己最喜欢的两段名言。一段是奥斯特洛夫斯基的："人的一生应当这样度过……"另一段也是从一本苏联小说里抄来的名言："什么是幸福？每个人都有自己的见解，但是所有的人在一起，都会知道和了解：应该正直地活着，辛勤地劳动，并且热爱和卫护这个名叫'祖国'的广大而幸福的土地……"

那一天，我本来是沉浸在极大的兴奋和激动之中。要知道，那时我们村还只有少数的几名青年团员，我觉得自己还这么小就能入团，是多么值得骄傲的一件事。

当时我人还在联中，但是我入团的消息，在中午就传到了我们村。村里的那架高音大喇叭很快就播出了这个消息。

怎能料到，我的激动和欢乐，没过半天就蒙上了巨大的悲

痛！高音喇叭里刚刚播出我的消息不久，惊天动地的哀乐就从天而降了……

那一天，我和联中另外几位刚刚入团的团员一起，冒着蒙蒙细雨，到山上采回了一大抱金色的和紫色的野菊花。因为入团带来的激动，我中午没有吃饭。可那时我已经完全忘记了饥饿和疲劳。我们流着泪扎了一个小小的花环，然后和学校里的一些老团员一起，抬着花环放进了联中的师生迅速布置起来的一个庄严肃穆的追悼室里……

直到今天，我仍然坚信，那个小小的、用朴素的野菊花扎成的花环，代表了那个年月里我们这一代乡村少年的纯真和诚实的心——没有丝毫的虚伪和矫饰的心，一切都是那么自觉和自然。

可是，花儿不久就凋谢了。当秋风又一次吹过我们校园的红墙，飒飒的落叶飘到我们脚下时，我们从联中毕业的时刻来到了。我们同享过欢欣也同受过艰辛的少年同学，又要告别母校各奔东西了。

给少年的信

将来有一天,你会乘风破浪
闪亮的女生
不要哭泣,请点起篝火
「梦开始的教室」
「硬核爷爷」是怎样炼成的
三十年后的重逢
壮哉我少年

将来有一天,你会乘风破浪

———— ∗ ————

每个少年的生命,都充满了无限的可能。

亲爱的少年:

多年前,在校园金色的草地上,一位美丽的女教师,教我们学会了一首英文歌《Whatever Will Be Will Be》《无论将来会怎样》。多少年过去了,我一直没有忘记它,有时候还常常在心里哼唱起来。歌词翻译出来是这样的:

当我还是个小姑娘,

我问我的妈妈:

将来我会怎样?

我会漂亮吗?

我会富有吗?

妈妈这样回答我:

无论将来怎么样,

我们都难以预想，

将来是怎样就怎样。

是的，所有的孩子都会对"将来"感到好奇，并且喜欢去想象，"将来"会怎样。在这首歌里，妈妈用一种智慧的方式，告了单纯和好奇的孩子，应该用一颗平常心，去想象和迎接那未知的"将来"，既不要去奢望富有，也不要对将来失去信心。

我猜想，这位妈妈没有说出来的意思，一定是这样的：亲爱的孩子，你要相信，所有的幸福和快乐，都是用你的勤奋、努力和奋斗换来的，幸福和快乐不会自己从天上掉下来，只要你付出了自己的真心和辛勤的努力，你就是一个对"将来"付出了责任和敢于担当的人，你就是一个问心无愧的人！这时候，"将来是怎样就怎样"，一切都是真实的，是踏踏实实的，而不是虚妄和幻想。

所以，我一直很欣赏歌词里的这位妈妈对"将来"的看法。

然而，对于未知的"将来"，我们还可以换一个角度来想象它，就像一位儿童文学作家所想象的那样：

起风了，你喜欢在大路上奔跑，手里的风车不停旋转，那么，将来有一天，你也许就会开着大飞机，呼啸着飞上祖国的蓝天……

下雪了，你喜欢把一块一块积木搭起来，搭成城堡、高楼和大桥，那么，将来有一天，你在纸上画下的一切，也许会真的变成人们生活的乐园……

春天里，你喜欢骑一根柳条，在草地上奔跑，那么，将来有一天，你也许会跨上高大的马儿，在赛场上飞奔，向着终点奔去……

小溪向前流动，你喜欢把一只小纸船，轻轻推进水里去，那么，将来有一天，你也许会乘风破浪，所有的海豚都会为你护航……

是的，最弱小的花蕾，也会渴望盛开。今天，你在课堂上高高举起小小的手臂，抢着回答问题，将来有一天，你高举的手臂，也许就会成为一片智慧的大森林。

每个少年的生命，都充满了无限的可能。你们意味着未来的一切。所以，文学巨人高尔基这样说："地球永远是属于孩子们的……他们正像新的光辉火焰一样燃烧着。正是他们使生活创造的火焰永不熄灭……"

亲爱的少年，你也许看到过，或者也在心里记住了，几年前，在 2017 年 12 月 31 日，也就是 2018 年新年到来前夕，我们的党和国家领导人，向全国和全世界人民，发表了令人振奋的 2018 年新年贺词。

在这篇新年贺词里，我们看到，中国在科技创新、重大工程建设领域里捷报频传，仅仅一年之内，就创造了令人振奋的十大成果：

"慧眼"卫星遨游太空；C919大型客机飞上蓝天；量子计算机研制成功；海水稻进行测产；首艘国产航母下水；"海翼号"深海滑翔机完成深海观测；首次海域可燃冰试采成功；洋山港四期自动化码头正式开港；港珠澳大桥主体工程全线贯通；"复兴号"奔驰在祖国广袤的大地上……

看到这么多、这么神奇和伟大的科技成果，我们怎能不由衷地感到自豪和激动？怎能不为中国人民迸发出来的创造伟力，高声欢呼、喝彩？

你是否想象过，也许，你会成为一名伟大的宇航员，像我们的"慧眼"卫星一样，遨游太空……

也许，你会成为一名无比自豪的客机机长，驾驶着我们的国产大客机，在辽阔的蓝天和白云之间穿行……

也许，你会成为一名杰出的科学家，在宽敞的实验室里，从事最新一代神奇的量子计算机的设计和研制……

也许，你会成为一名富有经验的深海科学家，像我们的"海翼号"深海滑翔机一样，勇敢地下潜到世界海洋最深的海沟里，去完成深海观测任务……

也许，你还会像种植出神奇海水稻的农业科学家袁隆平爷爷一样，在祖国的田野上，种植和栽培出新的农作物品种……

也许，你还会成为一名优秀的高铁列车司机，驾驶着中国未来的"复兴号"，在祖国广袤的大地上，像风一样飞驰……

也许，你还会乘着"神舟"飞船、"嫦娥"飞船，飞向遥远的月球和更遥远的太空……

从这些中国人自己创造的伟大的科技创新奇迹、重大工程建设成果的故事里，你也许会想象到自己的将来，也许会看到和感受到自己理想所拥有的光亮与美丽，也许会获得成长的自信、勇气和力量。

那么，亲爱的少年，"坐着谈，何如起来行"。我建议你，从现在起，从今天起，不要坐在象牙塔里，成为一个"两耳不闻窗外事、一心只读圣贤书"的人；也不要像井底之蛙和精致的玻璃缸里的金鱼一样，把自己的目光，局限在一个狭窄的空间里。

少年的心，应该志存高远。你的目光，你的视野，你的心志，不应是屋顶的高度，也不应是树梢的高度，而应是蓝天的高度、星空的高度……

只有这样，我相信，在未来那些伟大的科学创新故事里，才能找到你闪亮的名字；某一个奇迹般的科学发明的主人公，也许就是未来的你。

在这里,我想给你讲一讲中国"慧眼"和它背后的那位女科学家的故事。

在萤火虫飞舞的夏夜里,在瓜果飘香的秋夜里,我们都喜欢仰望星星闪耀的夜空,寻找古老神话传说里的牵牛星、织女星,寻找美丽的银河、北斗七星、太白金星……

今天,人类伟大的航天技术,把一个真实、美丽的月亮,呈现在了我们的面前。而那些闪耀在茫茫夜空中的星星,就像是天上明亮的眼睛,有的离我们很远很远,有的又好像离我们很近很近。

2017年夏天,在茫茫的太空里,又多了一颗美丽的"大眼睛",它被命名为中国"慧眼"。

6月15日这天,科学家们正在甘肃酒泉卫星发射中心紧张地忙碌着。11点钟的时候,从安静的发射中心指挥室里,传来了倒计时的口令声:"……5、4、3、2、1,发射!"

随着最后一声口令,一枚带着"中国航天"标志的长征四号乙运载火箭腾空而起,把我国的第一颗空间X射线天文卫星成功发射到太空。

这颗卫星有2.5吨重,凝聚了中国几代科学家的智慧与心血,是中国空间科学领域最贵、最重和装载科学仪器最多的一

颗天文卫星,是真正的"大国重器"。这颗卫星,从此将改变我国在空间高能天文研究领域长期依赖国外卫星观测数据的历史。

为什么科学家们要把这颗天文卫星命名为"慧眼"呢?

原来,这里面包含着两层寓意。本来,"慧眼"是一个佛教用语,指的是某种能够认识过去和未来的"高超眼力",后来慢慢变成了一个常用词,进而又演变出"独具慧眼"这个成语。用"慧眼"来命名中国首颗空间X射线天文卫星,意思是说,这颗奇特的星星,就像最明亮最美丽的大眼睛,能看到别人看不到的东西,具有最敏锐的眼力,它将在茫茫太空里闪耀着智慧的光芒,对太空进行巡天扫描,寻找证据,解开那些困扰着人类的宇宙之谜,比如黑洞和脉冲星。有了"慧眼",我们就可以"看清"黑洞的活动,就可以穿过星际物质的遮挡,"看清"更多隐藏在茫茫太空里的秘密。

"慧眼"的另一层寓意,是为了纪念一位杰出的女科学家,感谢她为这颗天文卫星成功遨游太空所做出的巨大贡献。这位科学家就是被誉为"中国的居里夫人"的高能物理学家何泽慧奶奶。她的名字里也有一个"慧"字。

何泽慧小时候,是一个特别喜欢仰望星空的小女孩。她出生在一个书香门第,幼时就十分聪慧、机敏,特别喜欢读书,

经常大声念诵诗词和故事给弟弟妹妹们听。可是,渐渐地,她不再愿意陪弟弟妹妹们玩耍了,而是经常一个人坐在夜晚的庭院里,静静地仰望满天的星星。

青年时代,何泽慧和兄弟姐妹们都在国外留学,发奋学习西方先进的科学技术。中华人民共和国成立前夕,她们兄弟姐妹8人,不约而同地从世界各地返回祖国,把各自所学到的科学技术,贡献给了祖国。当年谁也想不到,从他们这个家庭里,竟然走出了四位物理学家、一位植物学家和一位医学家。

何泽慧成为中国科学院第一位女院士。她的丈夫钱三强先生,是中国的"两弹一星"元勋、杰出的物理学家。

仰望星星的孩子长大了,也变成了闪耀的星星。她把自己最明亮的光芒,洒在了祖国辽阔美丽的大地上。

2009年,何泽慧奶奶已经95岁高龄。可是,她仍然每天都牵挂着祖国的科学进程。这一年的5月和8月,她两次写信给党和国家领导人,建议把HXMT卫星尽快立项。

她以科学家的敏锐眼光,看到了中国科学正在到来的新的希望。她建议说,我们应该尽早利用方法进行原始创新,在一个新的领域取得突破的机会。

可以想象一下,像何泽慧这样已经功成名就的大科学家,出面支持一个全新的、未知的研究领域,这是要冒可能会失

败和丢脸的风险的。但是，为了国家科学事业的未来，为了全人类追求科学梦想的脚步，何泽慧把个人的声誉放到了一边。

她叮嘱和鼓励年轻一代的科学家说："第一颗空间X射线天文卫星，我们中国自己的科学家一定要把它送上太空！"

正是有了像何泽慧院士，还有李惕碚院士这样的科学界前辈的全力支持，所有参与HXMT卫星项目的科学家，才能坚定战胜一切困难的信心。年轻的科学家们说："他们那么大年纪还在为这件事操心，我们还有什么好犹豫的呢！"

李惕碚院士的学生、后来担任HXMT卫星有效载荷总设计师的卢方军，当年就毅然中断了在美国博士后的研究工作，怀着报效祖国的满腔热忱，毫不犹豫地加入了这个项目。

像卢方军这样满怀信心、选择加入这个项目的年轻科学家，还有好多好多。每当在攻坚克难中遇到挫折的时候，他们就会互相鼓励说："通往星辰和大海的道路虽然遥远，但是，只要我们不停地向前迈进，我们就一定能够实现心中美丽的梦想！"

这颗神奇的卫星，耗去了中国科学家们多少个不眠的夜晚。卢方军说，在那些难忘的日日夜夜，因为连续的疲劳和排山倒海般的压力，他两次患上了荨麻疹，一到天热就犯病，

必须吃药才能控制。遇到攻关难题、压力增大时，他只好一个人背上相机和水壶，去山野里转悠大半天，借助大自然的花香、鸟鸣和清风，来缓解身心的压力。

在他的工作桌上，贴着一张奇特的彩色图片——大约400年前的一颗恒星爆炸后留下的绚丽景象。"你知道我为什么要摆放着这样一张图片吗？那是为了时刻提醒我自己：不要忘记盛开在宇宙深处的美丽花朵，它们都在等待我们去采摘！"卢方军说。

还有一位年轻的科学家，经常熬夜，时刻盯着屏幕和图纸上那些星光浮动的符号和曲线，结果有一天，他感觉好像有一块黑布突然蒙住了双眼，整个天地好像都在旋转，眼前的一切都变得模糊不清了。到医院一检查，医生告诉他说："再这样下去，你的眼睛就要失明了！"

这位年轻的科学家虽然有些着急，却一点儿也不后悔。他说："就算我为这颗卫星耗尽了全部视力，失去了像星星一样的眼睛，但是我们的国家，从此却拥有了一颗永不失明的'大眼睛'，这不是更值得吗？"

在中国，从最早开始在雪山上空放飞气球试验，到成功发射空间X射线天文卫星到达茫茫太空，这个过程，凝聚了整整三代科学家的心血，也见证和记录了科学家们40多年的奋

斗历程。许多参与HXMT卫星项目的科学家都说过这样一句话："这颗卫星，是我们一生中永远值得仰望的山峰和星星，也是我们永不失明的、最美丽的'眼睛'。"

"慧眼"天文卫星成功发射，运行正常，就像一名超级优秀的宇航员，最终顺利和完美地通过了"在轨测试"。对于"慧眼"的出色表现，科学家们形象地描述说：第一，"慧眼"真正是名符其实，果然是"眼神雪亮"。测试表明，它的实际指向精度比原定的指标要求提高了近10倍，最大限度地发挥了卫星的观测能力。第二，它是真正的"全能型选手"，既可实现对茫茫宇宙空间的"全域扫雷"和"局部扫雷"，也可以"狠狠盯视""指哪打哪"。第三，它"很省心"，拥有多种自主管理、自主保护功能，一点也不让"家人"操心。一般的天文卫星升空后，需要依靠地面站发出的指令，才能进行规定动作完成任务。"慧眼"天文卫星飞天后，不需要地面发出指令，它会自动选择、自动切换，随时与"家里"保持联系。

亲爱的少年、闪亮的少年，中华民族追寻飞天梦、太空梦的步伐，永远不会停止。科学家告诉我们说，未来的日子里，还会有更多"慧眼"的"兄弟姐妹"们飞上太空，去跟它作伴呢！"慧眼"卫星是中国人朝着遥远的太空迈出的又一大步。也许，将来有一天，你，你们，都将在美丽的太空，留下自己

矫健的身影、智慧的脚印……

我相信,将来有一天,你会乘风破浪!

闪亮的女生

———— * ————

高尚和善良的人，一定会拥有一颗明亮而温暖的心……

亲爱的少年：

在日常生活中，你是否遇到过这样的同龄人：他们的身体因为各种原因，不幸留下了残疾；或者他们在听觉、视觉、口齿表达等某个方面，有什么天生的病患和障碍，使他们在身体和生理上没有正常人那样健全和健康。通常，我们会把这样的人称为"残障人士"或"残疾少年"。

双目失明的美国著名歌星和作曲家温特，少年时他的一位老师对他说："孩子，有三样东西对你的成长十分不利，贫穷、黑人、盲人。所以你未来能做到的，大概只有去摸索着编织小地毯和锅垫了。"

可是温特却凭着自己坚强的毅力和音乐天分，同时付出了多年极其艰辛的、健康人所无法想象的努力，最终一鸣惊人，被音乐公司赞为"12岁的盲眼天才"。后来，每当谈到自己的

追梦之路时,温特总是充满自豪地说:"两眼看不见时,你就不会凭外表判断事物的好坏,你可以抛开比较不重要的东西,去选择更为重要的东西。说实话,我倒非常同情那些在日常生活中常常'视而不见'的人呢。"

温特的"成长经验"和他对那些"视而不见"的健康人的"同情",是有理由的。这似乎也可以用另一位著名女作家海伦·凯勒的话来印证。海伦·凯勒在《假如给我三天光明》里这样说过:

那些我接触过的各种各样的手就很能说明问题。有的人握手时倨傲无礼,显得高人一等;有的人郁郁寡欢,和他们握手就如同握住西北风一般冰冷,另一些人则活泼快乐,他们的手就像阳光一样温暖了我的心。

在这封信里,我想讲述我自己多年前的一次遇见。

我所遇见的那个少女,就像一颗闪亮的星星,一直闪耀在我的记忆里。

那时候,我还住在W城。我的一些抒写当代少年生活和情感世界的诗歌,以《中学生万岁》为题发表以后,陆续收到了不少素不相识的少男少女的来信。其中,大部分信上都说到,从这些诗歌中,他们感到了一种被人理解的幸福和快乐。

不久,我又收到了一所普通中学的一个女生的来信。漂亮的航空信封上端端正正地贴着一枚小熊猫邮票,字写得轻盈秀

丽。信很长，也很有文采。她告诉我，她喜欢海涅的诗歌和冰心的散文，喜欢听贝多芬的《命运交响曲》和圣－桑的《天鹅》，又特别喜欢海伦·凯勒和凡·高的传记。她还幻想着将来有一天，她也能够完成一本自传体的故事，献给她的伙伴和亲人们，献给她所热爱着的这个世界和所有善良的人们……

我一边读着这封文笔清丽的长信，一边想象着，这个内心世界如此丰富的中学女生，该是像今天许多城市里的少女一样美丽、一派朝气的。看得出，她使用的是那种柔软漂亮的签字笔。信末的署名也挺奇特，不是汉字，而是一个花体的"Yang Yang"。

我不由得默默一笑。我知道，现在的中学生都是这样，一点小事儿都喜欢弄得非常神秘，仿佛包含无限内容。我猜测她的名字该是"阳阳"或"洋洋"，要不就是"扬扬"。

我认真地回了一封信，感谢她的坦诚和对我的信任，希望她养成热爱阅读的好习惯，多读好书，还要学会观察和感受周围的生活，也祝愿她早日写成她想写的那本献给这个世界的书，如果有可能，我愿做这本书的"第一个读者"。

信是寄往她指定的学校和班级的。没过多久，她的回信就来了。信上，她特意引用了海伦·凯勒的一段话来感谢我对她的热诚鼓励，也就是我已经在前面说过的"那些我接触过的各

种各样的手……"那段话。我感觉到，这是一个性格开朗的少女，她把我说得太好了。我没有想到，我写的很平常的几句话，居然给她这么深的感受。

她在这封信的最后写道，她有一些文学习作，想给我看看，让我给她一些建议和指引，并请我在某个星期天上午，能到附近的那个儿童公园去一趟，上午8点，她会准时在公园门口等我，"不见不散"。她还故意神秘兮兮地说道，她是认识我的，曾听过我的讲演，但不好意思直接到编辑部来找我。

我苦笑着摇摇头，觉得她设计的像是一个美丽的约会，不，像下命令似的，而且还"不见不散"。当时，我确实有点犹豫，但也想到，如果婉拒或失约，恐怕会伤及这个女孩的自尊心，辜负了她对我的信任，所以决定按时赴约。

星期天，公园里游人很多，我准时到达公园门口，立刻开始四下寻找我想象中的少女 Yang Yang 的身影，然而竟没有。门口只有一群小学生，在围着一个卖风车的老奶奶。还有一个坐在轮椅上的小姑娘，正在侧门边的阳光下翻着一本什么书。我与她匆匆对视了一眼，目光马上移开，转身观察别处去了。

——不幸的小女孩！我平素最怕直面这样的残障孩子，也许是不敢直面这样的不幸，也许是怕给对方带来误会，觉得我在同情或怜悯她。我需要寻找约我"不见不散"的那个中学女生。

半个小时过去了,还是不见有女生模样的人走来。我略显急躁地在门口踱着步子,不时抬起手腕看着手表。就在这时,从我右侧大步走来一个穿着苹果绿上衣的少女,正是我想象中的少女 Yang Yang 的形象。肯定是她了!我疾步迎上前去。然而,那个少女听了我的话,只是大方地看了我一眼,摇了摇头,笑着说:"对不起,你大概认错人了。"便面带疑惑地径直走进了公园里。

我十分尴尬又十分失望,正准备返回,突然,背后响起一个轻轻的女孩的声音:"请问,您在等一个女生吗?"

我倏地转身一看,竟是那个坐在轮椅上的小姑娘。她身体萎小,脸色苍白,正用认真的、期待的眼神望着我。

"对的,说好是 8 点钟准时来的,可到现在还不见她的影子。"说到这里,我又赶紧补充道,"你……知道她?"

"知道,她让我告诉您,她不能来了。"小姑娘扶着轮椅凄然一笑,说,"不过,她让我把这些东西交给您。"

我接过一看,正是署名 Yang Yang 的一叠文章。可是当我抬起头准备问她时,小姑娘已默默地转着轮椅走远了。

"谢谢你啦!小姑娘——"我冲着她的背影高声说道。但小姑娘不知是因为没听到还是不愿理睬我,竟然连头也没回。

当晚,我便在灯下开始阅读这些散文。我的感觉仍然如读她的第一次的信一般美好而激动。其中有一篇这样写道："……当风儿吹皱了春天的窗帘，当薄薄的小雨点叩打着我16岁的门窗。我的遐想和惆怅总是悠悠远远，从天边飘来，又向黑夜荡去。我是一株柔弱的小草，却总在做着无边无际的春天的梦，梦里总有一双温暖的巨手在抚摩着我，告诉我，春天的后面有夏天、秋天和冬天，冬天之后还是春天……当我凝眸黄昏，我就会看见那颗总是如约出现在天边，并且用温柔的眼神无声地注视着我的孤独的小星。它没有天鹅星那么美丽，但它是忠诚的，像我心灵上的最好的伙伴。这样悄悄地想着的时候，我的16岁的心既甜蜜而又忧愁。是的，我爱生活！我爱生命！我爱美丽的春天和辽阔无边的大自然。我常常悄悄地对自己说：好好生活吧，你是一个闪亮的女孩……"

文末署名仍然是"Yang Yang"。哦，你这个纯真、快乐、热爱生活却又"骗"了我的小女生！

第二天清早一到编辑部，我就给她去了一封信，谈了我对她写的散文的感受和看法，顺便半开玩笑地说了一句："既然说好了'不见不散'，为什么又临时失约？看来，是无缘得识小才女Yang Yang的真面目啦。"

没想到，她的回信特别快，却大出我的意料："其实，您已经看到我了……"

我的眼前，一一闪过星期天所见到的每一个人的面孔。难道是那个"失之交臂"的穿苹果绿上衣的少女？

突然间，我想到了那个默默地坐在轮椅上的小姑娘，她的苍白和凄然的面容，莫非……她就是 Yang Yang 本人？

想到这里，我猛地一下从椅子上站了起来。是呀，为什么没把她和这个写信的女中学生连在一起呢？我为什么没有想到，她就是 Yang Yang 呢？

顿时，我感到双颊灼热。我仿佛看到，坐在儿童公园一角，默默地观察着我、猜度着我的那双黑亮的眼睛，还有那颗 16 岁、充满自尊和敏感的少女的心。

有人说，每个少年都是一本充满良知的天书，读通、读懂、读透他，能使我们学会足以改善世界、改善人类的感情的新知识。我明白这道理，相信这道理，还自以为真的理解了少男少女们的心。可是，Yang Yang 这样一个身体残障的少女，一个对我那样凄然一笑的少女，却生活得那么纯真、丰富、活泼、自尊和自信，我怎么就没有想到、没有理解呢？

在这一瞬间，我也想到了曾经读过的一首献给聋哑少年们的手语诗：

谁说我们是残缺的？

不，残缺的只是那些残缺的灵魂。
让我们一起走过同一个季节，
一起把梦想注入永恒的世界。
我相信你们抛弃了黑暗，
使你们摆脱了破碎的折磨。
在这个倾斜而美丽的世界里，
让我们一同进取一同欢腾。
我们的梦想，就是凌空的舞蹈，
就是最美的画，就是无言的诗……

亲爱的少年，这次奇特的遇见，一直铭记在我的心里，再也难以忘怀。在这里，我想告诉你的是，人与世界相遇，人与人的相处，真正缺失和不幸的，倒不是眼睛的失明或肢体的残损，而是心灵，是心灵的盲目、残缺与冷漠。有的心，冰冷、黑暗、自私、冷酷，可以成为自己和他人的地狱；也有的心，温暖、光明、宽容、善良，可以成为自己和他人的天堂。就看我们怎样来选择和取舍了。高尚和善良的人，一定会拥有一颗明亮而温暖的心，而且在日常生活中，时常会用自己的心灵，照亮他人和周围的世界。这样的人生，才是令人愉快和值得去经历的人生。

不要哭泣,请点起篝火

———— ✼ ————

她安静和坚定的目光,就像在寒意料峭的春夜里闪闪发光的"夜明珠"。

亲爱的少年:

此刻,我正在武汉。因为要抗击新型冠状病毒肺炎疫情,只能封闭在家里读书、写作。当然,也会通过音频、视频与少年朋友们交流,给你们讲故事。

在这封信里,我想先给你讲一讲,我在这场抗击新冠肺炎病毒战疫中的几点真切的体会。

首先,有一个强健的身体非常非常重要!如果你的身体拥有了强大的免疫力,那么,任何病毒都不会轻易地伤害到你,所以,每个少年从小就应该热爱体育锻炼,把自己的身体锻炼得棒棒的,就像一位伟人说的那样,在"文明其精神"的同时,还要"野蛮其体魄"。"文明其精神",当然是指养成多读书、读好书的阅读习惯,掌握更多的科学文化知识,明辨善恶、是非,就像钟南山院士说的那样,用知识缝制坚固的铠甲,有朝一日,

当国家需要的时候,就能有足够的力量"披甲出征";"野蛮其体魄",就是要养成随时随地加强体育锻炼的好习惯,有了一个强健的身体,才会拥有强大的免疫力,才有可能"百毒不侵",精力过人,所向无敌。

其次,当灾难来临的时候,不要惧怕、不要恐慌,要拥有沉着、健康的心理素质,这时候,安安静静地阅读,或许能帮助你变得平静、理智、充实和坚定。

英国著名作家、长篇小说《月亮和六便士》的作者毛姆先生有一句名言:"阅读是一座随身携带的避难所。"他认为,阅读,是一种能随时开始也能随时搁下,并且能帮助你平复焦躁不安的心情的方式;一个人一旦培养起了喜欢阅读的好习惯,也就好像是为自己筑造了"一座随身携带的避难所",可为你抵挡人世间的几乎所有的悲哀。而且,这样的一座"避难所",不论你是贫穷还是富有,是健康人还是病患,都可以拥有。你们看,毛姆先生的这句话,说得多么好!

再次,要永远热爱和懂得保护绿色的大自然,包括去保护自然界的小动物。大自然是完整的、和谐的,我们每天的生活才会是健康的、美好的。请记住:不要去伤害任何小动物。现在,国家已经制定了法律,禁止食用陆生野生动物。我们都应该自觉遵守国家法令,坚决不碰任何野味。还要学会去劝阻、制止

自己的家长和亲戚朋友吃野味。要告诉他们：吃野味是违法的，后果很严重！

下面我要着重和你谈谈，当灾难到来的时候，——不，哪怕在没有灾难的平静的日子里，我们应该怎样面对灾难。

我有一位丹麦朋友，我称她爱尔莎·盖德夫人，她是哥本哈根图书馆儿童馆的一位童书编辑。有一年，她拖着一箱丹麦作家创作的图画书，来到武汉，来到我的办公室，希望我找机会在中国推荐和出版这些童书。其中有一本书，书名叫《小琼斯的家被风吹走了》，让我印象深刻。

故事开头就讲到，一场突然的飓风袭来，把小琼斯的家吹到了一座高高的、孤立无援的山顶上……

这样的灾难，当然不是每天都会发生，但是谁又能保证，现实生活中没有这样的意外发生呢？重要的是，当意外的灾难来临了，我们应该怎样冷静、积极和有效地去应对、去战胜它。

故事里的小琼斯，就给我们做出了很好的示范。

飓风袭来的时候，他正在专心地做着蓝风车。这说明，他很热爱生活，有自己的爱好与乐趣。当飓风掀翻和吹起了他的房子，他没有惊慌失措和怨天尤人，而是立刻开始琢磨一个十分现实的问题：我会降落在什么地方呢？

他和房子一起被吹落到了一处断崖边的山顶上。也就是说，

他暂时处在呼救无门、孤立无援的境地。但是他没有哭泣，更没有绝望。最终，他和他的房子果然都安然无恙地回到了原来的地方。

那么，他是依靠什么，是怎样战胜这突如其来的困境的呢？简单说来，就是两点。

首先就是小琼斯有敢于正视、敢于接受、敢于面对生活变故的勇气，以及在灾难面前丝毫没有减弱的乐观和积极的心态。这种勇敢、坚定和积极的心态，帮助他度过了那段前所未有的孤独、黑暗和无助的时光。

其次就是他不仅没有失去自救的信心，而且对外面的世界，对一起生活在小镇上的人们，也没有失去信心。他没有把目前的处境想象得那么糟，他对这个世界和人类一直抱有美好的期待和信念。他相信一定会有人来救他的。果然，没过多久，小镇上幸存的人们，就想方设法，用悬空的滑轮传送带，给身处断崖上的小琼斯，送来他们的关怀与爱心。

人们的关怀与爱心，又是那么具体和实际：一块火腿、一些面包、一个蛋糕、一根香肠、一些肉汁，还有一副防烫手垫、一双新鞋、一束鲜花，甚至还有一个泰迪熊玩偶……这些"救援物资"源源不断、层出不穷地悬挂在长长的"爱心传送带"上，送到了小琼斯身边……

除了物质的援助,还有精神上的"加油":黑暗的夜晚降临了,茫茫的夜空里闪烁着宝石般的星星。可是大家都不愿意睡去,家家窗户上都亮起了橘黄色的灯光,因为所有的人都在担心着,暂时还一个人待在山顶上的小琼斯。他们要用橘黄色的灯火,给小琼斯送去安慰和希望……

这本图画书不仅充满了正能量,对少年读者来说也是难得的灾难教育读本。果然不久这本书就在国内出版了,我也应邀为这本书写了一篇导读。

回到2020年这个漫长而沉重的春天里来,我们看到,有一幕幕暖心的画面,一个个发生在眼前的鲜活的故事,也在向我们诠释着,面对真实、残酷的疫情,作为普通人,我们无法像舍生忘死的医护人员和医学专家那样,也无法像英勇无畏的军医战士那样去做一个勇敢的逆行者,那么,你该以怎样的心态和行动,去应对和迎战这样的疫情呢?

有一张令人感动的照片:一个安静的楼道里,一团昏暗的灯光下,一个女孩戴着口罩,正在聚精会神地做着作业……沉浸在安静的书本里,她把外面的那些焦虑和悲伤,好像已经暂时隔离在了心灵之外……

这个女孩名叫翠珠,今年14岁,是一名初中生。她家住在河南省洛宁县上戈镇刘坟村。她的爸爸,一位质朴的农民,也

披着夹袄、抄着双手，满怀疼爱地陪着女儿坐在寒夜的灯光下，静静地看着女儿做功课。而照片上的地点，并不是他们的家，而是村委会办公的院子。

原来，因为疫情持续蔓延，全国各地都在"停课不停学"。可是，小翠珠家没有网络，她又舍不得使用爸爸手机的那一点流量，怎么办呢？每一堂网课都是不能耽误的……最后，驻村干部得知后，就让父女俩连续几天晚上来到这里，蹭网上课和学习。

无情的疫灾，漫长的春夜，简陋的条件，还有疫情给人们带来的恐慌和忧虑……都无法阻挡住一个寒门之女对知识的渴求。昏暗的灯光，给努力向学的女孩带来了光明和温暖，照耀着她心中的希望之花，也照亮了艰辛中的那份默默无语的亲情……

看到小翠珠的这一幕，我觉得，她的心态，她的做法，正是每个普通人在灾难面前应该做到的。她安静和坚定的目光，就像在寒意料峭的春夜里闪闪发光的夜明珠。

还有一个同样让人眼睛湿润的故事，发生在河南南阳淅川县的一个村子里。主人公也是一个农家少年，名叫小通，是当年将要参加高考的一名高中生。人们常说"寒门出孝子"，寒门里也多有勤苦发奋的学子。小通的学习成绩一直在班里名列

前茅,是"学霸"级的。

可是,疫情肆虐,这个寒假变得异常漫长。学校的网课已经开始了,小通家没有安装网络。怎么办呢?少年得知邻居家有网络,不禁暗自高兴。

于是,他像古代的读书人一样"闻鸡起舞",每天清早不等天亮就爬起来开始晨读。一到8点钟,就戴上口罩,提着个小凳子,准时坐在自家平房的房顶上,迎着每天的晨光,"蹭"邻居家的网络。所幸的是,平房房顶上的网络信号特别好。

如果说,前面讲到的小翠珠的故事,是发生在2020年春天里的"新凿壁借光",那么,高中生小通的故事,就是2020年的"新囊萤映雪"了。"囊萤"帮了晋代那个勤奋好学的寒门少年车胤,"映雪"帮了同样是"家贫少油"而勤奋好学的少年孙康。而"蹭网"又帮了今天的淅川少年小通。

唐代诗人李贺诗曰:"少年心事当拏云,谁念幽寒坐呜呃。"是的,疫情暂时把他和校园、老师、同窗隔离了,但是终究不能隔离和阻挡一个中国好少年的"拏云"之志。小通说,他的奋斗目标是考上浙江大学。让我们真诚地祝愿他心想事成、梦想成真!

亲爱的少年,请你记住:当意外的灾难突然降临,一定要去勇敢地面对。请你用冷静和坚定的头脑,抚平自己狂跳的心,

平稳你慌乱的脚步。要知道,任何恐慌、埋怨和眼泪,都不能驱除灾难。不要哭泣,请用你的冷静、乐观和积极的心态,去点燃哪怕一小堆篝火,用来温暖自己,同时也照亮他人。

　　好了,我的信就写到这里。祝愿你热爱阅读,热爱运动,健康、幸福地成长。既拥有一副坚不可摧的知识的铠甲,又拥有一副所向无敌的、强健的体魄!

"梦开始的教室"

※

她在这方小小的天空里,追赶着自己心中的梦想。

亲爱的少年:

在 2020 年漫长和沉重的春天里,在新冠病毒肺炎肆虐的那些日子里,有许多令人感动和温暖的故事,就像在寒风中盛开的坚强的花朵,将会永远留在我们的这段特殊的记忆里。

如果你留心过当时的新闻,一定还记得,3 月 1 日,央视新闻里播送了一个温暖的故事,一瞬间,全中国都在为一间"梦开始的教室"点赞,也为一位追梦的小姐姐送上了最美好的祝福。

这个小姐姐名叫付巧,是一位即将参加高考的高三年级学生。

2 月 5 日,无情的新冠病毒肺炎袭向了她和她的家人。先是她的爸爸确诊,随后妈妈也确诊了。付巧还有一个 13 岁的弟弟。爸爸妈妈被隔离到汉口的方舱医院后,每天做饭、消毒和照顾弟弟的重担,全都落在了这个本来应该紧张备考的小姐姐身上。

可是，不幸又接踵而至。2月21日，付巧也被确诊为感染者了！很快，她就被收治进了武昌方舱医院，她的弟弟被安排在酒店里隔离。

从2月1日开始，她的学校就上起了网课。可是，虽然正处在高考的冲刺阶段，但因为爸爸妈妈被隔离了，她既要照顾弟弟，又日夜担心爸爸妈妈在方舱里的病情，所以，大半个月的时间里，小姐姐根本就没有心思也没有时间同步跟上学校的网课。她心里着急万分，却又那么无助。背着弟弟，她在深夜里偷偷哭了好多次。

在她得知自己确诊了就要住进武昌方舱医院那一刻，一种深深的痛苦和绝望，好像一下子把她推到了最黑、最深的黑暗里。那一瞬间，一个绝望的念头划过了她的脑海，她想，自己今年的高考，还有无数次憧憬过的梦想，也许就要被这场无情的疫病给毁灭了吧？……想到这里，她痛苦地闭上了眼睛，内心就像被生生地撕裂了一样疼痛！

可是，让她没有想到的是，住进方舱医院后，她的心重新被温暖的希望之火照亮。

她看到，住在武昌方舱医院里的很多患者，并没有她想象中的那么情绪低落。不少阿姨、伯伯和小姐姐，在抓紧治疗的同时，还趁休息的时候，跳起各种舞蹈，甚至排演起简单的小

品……

　　更有像那位被很多人推崇的"清流读书哥"那样的大哥哥和同龄人，都没有被病毒吓倒，更没有让太多的恐惧和焦虑不安纠缠上自己，而是抓紧时间"以读攻毒"，用安安静静的阅读，来平复病毒带来的紧张，来抵御灾难带来的伤害。

　　所有这些积极乐观、催人振奋、给人带来信心的场景和故事，也给付巧带来了继续追梦、战胜病毒的希望和力量！于是，她埋藏起心中的伤感和绝望，调整好自己的心态，不再有什么犹疑，而是像那位沉着的"清流读书哥"一样，打开电脑和书本，把方舱医院当作备考和冲刺的阵地，争分夺秒，开始了每天的阅读和复习……

　　在方舱医院，她每天早上7点准时起床，跟着学校的网课节奏，一节课一节课地追赶着落下的进度。她的老师们，从得知她的爸爸妈妈住进了方舱医院，她无法正常上课的时候起，就时常打电话、发短信给她，时刻关注着她的健康状况和学习进度，鼓励她不要害怕，更不能绝望。细心的老师还把上课的视频录下来，传给她，甚至专门为她一个人制作了学习课件。

　　老师们贴心的爱护和鼓励，也让付巧感到了温暖和希望，坚定了她朝着自己的梦想急起直追的信心。

　　除了老师们的爱护和鼓励，在方舱医院，付巧也像住进了

在特殊时期组合起来的一个大家庭。

邻近的患者看到这个小姑娘每天都坐在自己床头默默地看书复习，尤其是知道了她是一个高三生，今年将要迎接高考后，大家都会互相提醒，尽量不要弄出太大的响动，以免打扰到小姑娘的学习。

当她停下来休息的时候，有的老婆婆就像对待自己的小孙女一样，疼爱地鼓励她说："真是个好伢子！千万莫灰心，你一定能考好的，给你加油！"

在方舱医院的这个病区里，付巧虽然年龄小，但是医护人员都觉得，这个小姑娘的自理能力很强，也非常懂得体谅他人，从来没跟医疗队提过任何要求。护士小姐姐每次为她做完检查、送来药物，她都会真诚地连说好几声"谢谢"。

方舱医院里住进了一个将要参加高考的小姑娘，这件事也一直让医护人员们格外心疼和牵挂。

为了给小姑娘提供一个更为安静一点的上网课的地方，她们稍一商量，就在医护人员本来也不宽敞的工作间里，腾出了一块小小的空间，放上了一张小桌子。

这样，一到了要上网课的时候，小姑娘就带着电脑和书本走进医护工作间，安安静静地坐在小桌子前学习。

护士小姐姐们每天在方舱医院里跑来跑去，各个都是步履

匆匆、走路带风,可是,只要是小姑娘坐在那上网课,她们进进出出、拿药取物,都会赶紧放轻脚步和动作,为的是不惊扰小姑娘。小姑娘抬起头向她们点头致谢的时候,她们也用露在口罩外面的眼睛,报以一个美丽的、赞许的微笑……

医护人员还给这间临时教室、这块小小的空间起了个美丽和吉祥的名字,叫"梦开始的教室"。

是呀,一块小小的安静的空间,对这个少女来说,就像是一小片被挡住了风雨、挡住了乌云的晴空,她在这方小小的天空里,追赶着自己心中的梦想。

付巧的梦想是考进华中师范大学,将来当一名人民教师。她说,自己生病了,住进了方舱医院后,才真切感受到,当一名医护人员和老师的伟大和不易!这么多的医生、护士,在疫情来临的时候,离开自己的孩子和家人,冲到最危险的第一线,来照顾病人,也许,她们家中也有正在上学或者也在上高三的孩子吧?……

付巧用彩笔画了一张"梦开始的教室"的图画,还在上面标记了高考倒计时。她告诉护士姐姐说:"这张图画上,有我对学校、老师和同学的想念,我想尽早回到学校里,开始正常的生活,同时,图画上也有我'为梦想而战,永不放弃'的信心!"

"梦开始的教室",这个温暖的名字和这个女中学生的故事,

很快就从湖北省妇幼保健院医疗队"武昌方舱支部"微信群里,飞出了方舱,飞进了日夜在关切着武汉的全国人民的视线里。

"小女孩虽然在高三的关键时刻受到感染,被隔离在了这里,但她并没有被挫折吓倒和打垮,她用自己的发奋努力,重新燃起了对未来的希望……"医疗队的朱医生,像疼爱自己的女儿一样,对这个小姑娘疼爱有加,也被这个坚强的小姑娘深深感动着。

朱医生还几次在微信群里不断叮嘱自己的同事,希望大家多多照顾和鼓励这个孩子。有一位细心的护士姐姐还在微信里出主意说:"还可以给'教室'放一台空气消毒机。"

"这个孩子自强不息的精神太让人感动了!"方舱的医生阿姨和护士小姐姐们,都被付巧面对逆境而自强不息的毅力感动着,每个人都在尽力守护着这间"梦开始的教室"的安宁。

湖北省妇幼保健院疼痛科的余主任,还专门带来热热的牛奶,给小姑娘补充营养。她还特意在自己的防护服上写上了"高考必胜"四个大字,为小姑娘加油,祝福她能如愿以偿,梦想成真。

付巧的故事通过网络,一夜间传遍了全国。这个乐观、坚毅、自强不息的小姑娘的生活,牵动着全国人民的心,所有的人都在为她点赞,为她祝福。

2月29日这天,付巧突然收到了一封来自武汉桂子山的书

信。桂子山，就是付巧想报考的华中师范大学所在地，写信人是华师的校长郝芳华教授。

郝校长从媒体上看到付巧和她的"梦开始的教室"的故事，也被这个女孩自强不息的毅力深深感动了。她连夜写了一封信，第二天托人专程送到了付巧手上。

"我在桂子山等你！"郝校长用这句温暖、有力和充满期待的话语，给付巧助力、加油。郝校长在信中这样写道：

亲爱的付巧同学：

你好！我得知你和你的家人全被感染新冠病毒，被隔离在不同的地方，我非常担心。但看到你画的"梦开始的教室"，看到你在方舱医院为高考努力备战的样子，感受到你为梦想永不言弃的信念，我相信你和家人一定会早日战胜病毒，康复团聚。

唯其艰难，方显勇毅；唯其磨砺，始得玉成。希望你继续坚持，笃信而行，我在九月桂花飘香的桂子山等你。加油，你可以！

祝你和家人早日康复团聚！

郝芳华

发出这封信后，郝校长对人说道："面对疫情，一代少年

人展现出来的惊人的坚韧毅力,也深深感动着我们每一个成年人。"

亲爱的少年,"为梦想而战,永不放弃!"这句话说得多好啊!

我相信,等到美丽的金秋时节,金桂、银桂、丹桂竞相飘香的桂子山,一定会敞开温暖的怀抱,迎接这位乐观、坚强和敢于追梦的花季少女。

"硬核爷爷"是怎样炼成的

✱

只要你答应了人家的事,就一定要尽力去做到!

亲爱的少年:

这封信,我想先从我观察到的一个现象说起。

我经常收到一些中小学生朋友的来信,信中向我提出了各种各样的在成长中困惑和苦恼的问题,希望我来解答。还有不少书信,是诉说自己特别害怕写作文,有的还寄来自己的一些作文,希望我提出一些意见,帮助他们提升写作文的能力。

渐渐地,我观察到一个现象:现在不少小学生,甚至是中学生在写作文的时候,如果是写一个虚构的、幻想的故事,往往能够很好地发挥出想象力,天马行空,写得很放松。可是,如果要他去写一个符合情理和逻辑性、经得起推敲的现实故事,写一个真实的、性格鲜明的人物,大部分同学就不一定能写得好。

我一直在想,这究竟是什么原因呢?这其中的原因之一,也许就是你的观察不够细致和深入,你对景物、人物、事物的

观察可能是浮光掠影、似是而非的；还有就是，你的阅读面可能太单一、太狭窄了，你读了太多的童话和虚构的故事，头脑里可能充满了虚无缥缈的、幻想的东西，但是对现实生活中的人和事，缺少关注、发现、思索和精准地去描述它、把握它的能力，你的思辨能力和理性的、逻辑性的分析能力也有所欠缺。这样一来，就会导致我们一写起作文来，就会十分"情绪化"，感情的表达也许是充足的，甚至是泛滥和无节制的，却往往不能用准确的、平实的文字，去精准地描写和讲述出现实中的景象、人物和故事。

所以，在这里，我给少年朋友们两个建议：一是学会在日常生活中睁大眼睛，多去细致地观察和发现景物、人物、事件的细节；二是除了阅读童话和小说等富有想象力的虚构故事，还要多读一些科普、历史、地理、博物、传记，甚至哲学故事等非虚构的书，增强自己精准地观察世界、思辨性地分析事物的能力。

由此，我还想到了钟南山爷爷对少年们提出的，"用知识缝制铠甲"的殷切期望。在这方面，钟南山爷爷自己是所有少年的表率。

我们都知道，钟南山爷爷不仅是一位医学科学家、中国工程院院士，还是全国人民心目中的一位当之无愧的"国家英雄"。

在新冠肺炎疫情暴发之初，钟爷爷临危受命，连夜奔赴武汉，投入到指导和参与抗击疫情的工作中。当时，因为连日来高度紧张的工作，钟爷爷的身体实在是吃不消了。在驶往武汉的列车上，钟爷爷坐在餐厅的座位上，不知不觉地就靠着座位，仰着头睡着了。

这一瞬间被人拍了下来，发布到网络上。全国无数人都深受感动，也都非常心疼这位在危难时刻挺身而出、为国家担当重任的84岁的老爷爷。

到了武汉前线后，钟爷爷和他的科学团队，和无数的白衣天使、军医战士、志愿者们一道，连续奋战了近两个月。后来有人梳理了一下钟爷爷两个月来的行程，发现他的战"疫"日程每天都安排得密密麻麻、满满当当，很少有空闲的时间。

这么高龄的老人，却像一位坚强的"铁人"一样在拼命，始终冲在最前线，几乎没有休息过。就连他的老伴，一向全力支持钟爷爷工作的李奶奶，都心疼地说："84岁了呀，能不能让他再睡一会儿？"不过，李奶奶嘴上这么说，心里却十分清楚，没有谁能劝阻住钟爷爷这样的工作狂。

经过两个多月的苦战，对全国的疫情，钟爷爷做出了科学的预见：4月底可基本控制。他对此充满了信心。

从武汉回到广州后，钟爷爷和他的团队，又马不停蹄地通

过各种视频会议，为疫情正在蔓延的欧洲和世界各国介绍中国的抗疫经验，贡献全球战"疫"中的"中国力量"。

很多少年朋友都满怀敬仰地把钟南山爷爷当作自己的偶像，希望将来也能做一个像钟爷爷这样对国家、对社会、对全人类有贡献的人。有的少年朋友还尊称他是真正的"硬核爷爷"。

那么，"硬核爷爷"是怎样炼成的呢？在钟爷爷的成长道路上，有哪些故事可以给这一代"新人"的成长，带来启迪和润泽的力量呢？

钟南山的爸爸钟世藩先生，是一位有名的儿科医学专家。钟南山少年时，经常会看到这样一幕：爸爸已经下班回家了，一家人坐在饭桌上正准备吃饭，突然来了求医的电话，这时候，爸爸立刻放下碗筷，抓起药箱就要出门。

"爸爸，外面正下大雨呢！"钟南山帮爸爸拿来风雨衣。

"治病救人是天大的事情，风雨再大也不能不出诊哪！"

"那我跟您一起去。"钟南山也穿上风雨衣，帮爸爸背起药箱。

钟南山观察到，爸爸为患者写病历时，总是认认真真地书写，一笔也不潦草，哪怕不是学医的人，拿起病历也都能看得懂；爸爸开药方时，也总是先替病人和家属着想，能少用药就少用药，能用价格便宜的药，就决不用价格偏贵的药。

"原来，医生需要这样的仁心，医生又是这样被人需要！"一颗医学的种子，正在少年心里悄悄萌芽。

钟南山的妈妈也是一位医生。读六年级时，钟南山看到一个小伙伴有一辆自行车，羡慕得不得了。妈妈说："南山呀，不用眼馋人家的，你要是能考上岭南大学附属中学，妈妈一定奖励你一辆自行车！"

妈妈许诺的奖励太诱人了！钟南山比平时更加发奋用功，毕业考试成绩排在全校第二名。但是那一年，家里遭遇了困难。钟南山虽然一直想着那辆自行车，却不好意思跟妈妈开口。意外的是，这一天，妈妈突然给钟南山买回了一辆自行车，兑现了自己的许诺。

这件事，让少年钟南山在心里牢牢记住了一个准则：只要你答应了人家的事，就一定要尽力去做到！这是妈妈教给他的又一个做人的道理。爸爸、妈妈的医者风范和言传身教的家风，像春风细雨一样，滋润着钟南山的成长。长大后，钟南山也把治病救人、救死扶伤作为自己终身的理想和事业。

少年时代，爸爸经常带着钟南山去看电影。钟南山特别喜欢看武侠片。他有时这样问道："爸爸，为什么侠客们个个浑身是胆？他们不知道害怕吗？"

"哦，也许跟我们医生一样，只要有一颗正义和善良的仁心，

敢去除暴安良，敢去解除世间的痛苦和恐惧，就称得上侠士和勇士，就是无畏无惧的英雄。"爸爸耐心给钟南山讲解着。

钟南山家的屋后有片竹林，竹子长得粗壮茂盛，有一株老竹竟然长到了楼上的窗台边。钟南山趁着爸爸妈妈不在家时，经常踩着窗台攀上高高的竹竿，再顺着竹竿滑下去。这条"秘密滑道"，悄悄训练了这位"少年侠客"的胆量和勇气。

有一位去过钟爷爷家采访的记者，回来后写出了这样的观感：钟院士家里有两大特点，一是运动器具多，像什么跑步机、单车、还有拉力器、单杠、哑铃什么的，应有尽有。

钟爷爷平时只要工作不是那么忙碌，每天都会抽出一定的时间健身，雷打不动。所以，现在钟爷爷虽然84岁了，但身板依然那么挺拔，手臂和身上的肌肉就像运动员一样紧绷和坚硬。正是因为有了强健的身体，他才能保证自己在工作中有旺盛的精力。

对了，钟爷爷不仅从少年时代起就十分热爱体育，而且差一点儿就成为一名职业运动员呢！1958年，钟南山22岁时，正在北京医学院（现北京大学医学部）读书时，因为身体素质过硬，又喜欢运动，曾被选中和抽调到北京市体育集训队集中训练，准备参加首届全国运动会。果然，第二年，1959年9月，在首届全运会上，意气风发的大学生钟南山，以54.4秒的好成绩，

打破了当时 400 米跨栏的全国纪录。

钟爷爷家里另一个特点,就是书多。钟爷爷从小养成了喜欢阅读的好习惯,长大后也总是手不释卷。他是医学科学家,阅读范围十分广泛,可以说是博览群书。

他在 3 月 5 日写给孩子们的一封信里,叮嘱全国的小朋友们:"用知识缝制铠甲,不远的将来,当你们走出社会,在各行各业都将由你们披甲上阵。"这正是他的"经验之谈"。

读科学书可以明智,能够抵御一切的无知;读历史书可以明理,能够抵御一切的愚昧;读杰出人物的传记,可以明德,能够抵御一切的懈怠和平庸;读诗歌、小说、散文等文学书,可以明心,能够抵御一切的偏见、傲慢、痛苦和孤独……

钟爷爷深知知识和阅读对一个人的重要性,多年来他也一直是这么做的,所以他才能成为一位披着科学和知识铠甲的真正的"硬核爷爷"。

如果说,坚持不懈的体育锻炼,使他练就了特别强健的身体,那么,平时手不释卷的阅读,又给他武装起了一个充满智慧、坚不可摧的精神世界。

一个人拥有了这两样,世界上还有什么能战胜他呢?病毒、劳累、愚昧、迷茫、孤独、悲伤……都不再是他的对手。

　　媒体这样评价钟爷爷："有院士的专业，有战士的勇猛，更有国士的担当。"什么是"国士"？在中国古代，一个国家里最杰出的人物，最勇敢、最有力量，敢于为国担当、赤诚报国的人，才配称得上"国士"。今天的人们也常说"国士无双"。可见，无论在哪个时代，"国士"都是属于凤毛麟角。钟爷爷就是一位当之无愧的"国士"。这位"硬核爷爷"无疑也是全国乃至全世界所有少年的超级偶像和好榜样。

　　对了，我还要告诉少年朋友的是，钟南山爷爷这一代，从他们上小学的时候开始就在经受着战火的洗礼。当时，日本侵略者的飞机经常飞来轰炸，很多中小学的学生无法在校园里上课，老师只好带着孩子们躲进郊外和山野间的密密的甘蔗林里，支起小黑板，继续上课。

　　钟爷爷就是在这样艰辛和苦难的年月里，度过了自己的少年时代。在他的记忆中，少年时代学习条件的简陋和生活的艰苦，倒没有什么，反正小伙伴们一个个都像是"小难民"，大家过着一样的生活。当整个国家和中华民族都在承受着战争带来的苦难和创伤的时候，谁也不会去奢望个人能有多好的条件、多好的待遇，爱国爱校、奋发向上、自强不息，才是他们当时共同的信念，再苦再难，他们也没有失去少年人的梦想和追梦的精神。

1949年，钟爷爷的家乡广州市解放了，新中国也宣告成立了。广州城头，高高地飘扬起了美丽的五星红旗。1950年，广东省少年先锋队组织成立。这一年，14岁的钟南山，光荣地加入了中国少年先锋队，自豪地佩戴上了红领巾，成为新中国诞生后广东省的第一批少先队员。

有位哲人说过：一切真正的英雄，都是实实在在的人。钟南山爷爷就是生活在我们身边的一位"实实在在的人"，一位和蔼可亲的爷爷，也是一位真正的英雄。

每个孩子的内心深处，都有一个无边无际的英雄梦。那么，请你相信，每个孩子将来也都有可能成为英雄。也许你还不知道，你自己可能就是一位"未来的英雄"。

请记住钟爷爷的话："用知识缝制铠甲，不远的将来，当你们走出社会，在各行各业都将由你们披甲上阵。"

你成长的天空和高度，将从一颗勇敢的、奋发向上的心开始。是飞向屋顶、树梢、云层，还是飞向更远、更高、更辽阔的星空，那就要看这颗心把你的梦想带往哪里了。

三十年后的重逢

*

书,代表着一种精神力量……

亲爱的少年:

在这封信里,我想给你们讲述一个我亲身经历的故事——在2020年那个难忘的春天里,我所亲历的一个遇见和重逢的故事。

我们都知道,战争年月里,"烽火连三月,家书抵万金",劳燕分飞,亲友离散,天各一方、生死两茫茫的故事,不足为奇。当然,也常有失散的父子、母子或兄弟姐妹,在战场上意外相聚,或是离散多年的亲友、伴侣,劫后重逢和团圆的故事。我们从一些文学作品、电影、电视剧和回忆录里,时常能看到。

那么,和平的年代里就不会有失散多年又突然重逢的故事发生吗?没想到,这个真实的故事,就发生在新冠肺炎疫情暴发后武汉封城的日子里,而且是我的亲历。

3月5日那天,《湖北之声》节目特意邀请北京的一位著名

演播艺术家白钢先生,倾情播诵了我写给全国少年们的一封书信《不要哭泣,请点起篝火》。接着,山东省的一位女主播晨阳,还有其他一些平台,也播诵了这封书信。全国各地不少听众,特别是一些家长、老师和少年朋友,都收听到了这封信。

在湖北省图书馆工作的一位年轻的妈妈,听完后发短信给我说,她是和自己的孩子一起听完的,孩子听哭了,她自己也听哭了。

作为一名写作者,疫情期间,我没有能力像专业的医护人员和勇敢的志愿者们一样,披甲逆行,冲到第一线去。但我有一支笔,还有一颗和无数的逆行勇士们一样滚烫的心。我能做到的,就是用自己的一篇篇文章和故事,为读者们送上一点点光亮与温暖,送上一点点希望和信心。正如我在这封书信里所写的,我希望通过自己的文字和故事,去告诉读者们,任何恐慌、埋怨和眼泪,都不能驱除灾难。不要哭泣,请用你的冷静、乐观和积极的心态,去点燃哪怕一小堆篝火,用来温暖自己,同时也照亮他人。

在疫情期间,我也接到了上海、无锡还有武汉的好几位老师转来的一些少年朋友和小学生写给我的书信。小读者们的心纯真明亮,写来的书信也很真挚亲切。

有的叮嘱我说:"千万不要害怕,也不要出去串门。"有

的小学生听说武汉已经封城了，就安慰我说："封城，不是把人关起来，而是用爱将你们环抱住。"

这些都是书信里的原话。我读了这些书信，很受感动，真切地感受到了少年朋友们送给我的温暖，就像最暖的春光。

对于我们的国家和民族来说，这场疫情，也是一场严峻的"大考"；对于我们的孩子们来说，这场疫情，也是一堂前所未有的"大课"，一本特殊的"教科书"。灾难教育、生命教育、爱国教育、英雄与励志教育、爱心与感恩教育、科学和卫生健康教育、人类命运共同体教育等，无不蕴含在其中。

《不要哭泣，请点起篝火》的文字和音频发表后，不少读者和听众都在微信朋友圈里转发和点赞。有天晚上，一位在出版社工作的美术编辑，突然转给我一个微信截屏。原来，他转发了这封书信后，有一位署名"M羊羊"的读者，写了这样一段留言："在我13岁那年暑假，和我爸爸一起坐船从武汉到南通，在船上偶遇作家徐鲁，几天的相处很开心，临分别前他送了一本他的诗集给我。这本诗集照亮了我整个少年时代！"

这段留言让我有点惊喜，但也有点迷茫。我一下子记不起来这究竟是怎么一回事了。这位编辑告诉我说，"M羊羊"是他的一个学生的妈妈。不一会儿，他就转来了这位妈妈的微信名片。我们互相添加了微信，经过一番交谈，我才弄明白事情

的原委。

原来，这位妈妈真名叫杨洁琼，是 30 年前的一个夏天，我在旅途中邂逅的一个小女生。现在她就在武汉，也是一位身穿防护服的"逆行者"，正日夜奋战在抗疫一线上。

她从微信朋友圈里意外看到了我的这封书信，十分惊喜。没想到，我们都身在疫区，都在各自的岗位上用各自的方式一起抗疫，而且还能意外"重逢"。在后来的微信交谈中，她慢慢帮我回忆了一番，还告诉了我一些后续的故事细节。

30 多年前，1990 年，我还在鄂南工作。那年夏天，我从鄂南回了一趟山东胶东老家。当时回一趟老家，路上差不多要走一个星期的时间。从鄂南坐一天的长途汽车再从汉口的码头坐"江汉 3 号"江轮，在长江上行走三天三夜后，才到上海。这段水路所费的时间，几乎跟"白衣天使"甘如意小姐姐四天三夜的风雨骑行相似。到了上海，还要等待海轮。从上海十六铺码头上船，乘海轮到青岛后，再从青岛乘汽车到即墨市（现为青岛市即墨区），然后换乘通往乡村的客车，才能回到我童年时代的那个离大海不远的小村庄。

"江汉 3 号"江轮的船舱分四个等级，当时我只坐得起最便宜的四等舱。于是认识了同舱里两个十几岁的小女孩。一个小女孩就是杨洁琼，13 岁，在南通下船；另一个小女孩年龄小

一点儿，叫江卓，在南京下船。杨洁琼还找出了当时她和小江卓的一张合影发给我看。原来，那天轮船在南京停靠半天，她送小伙伴下船，两个人特意跑到南京长江大桥上照了一张合影作为留念。小女孩当时还在照片后面仔细记下了时间、地点，以及是怎么认识我和江卓的，还特意写了一句："……一起度过了一段美好时光。"

那一年，我正好刚出版了自己的第一本薄薄的小书《歌青青·草青青》。回老家前，我特意在行囊里塞进几本，准备送给老家的亲友和少年同学。和小女孩杨洁琼分别时，我送给她了她一本，作为纪念。

两个小女孩都下船了，从此天各一方，不再有任何联系。我继续坐船往故乡的方向驶去。慢慢地，时间久了，这件事我也渐渐淡忘了。一晃，竟然过去了30多年！

后来，杨洁琼有一个要好的笔友看见了这本书，也很想要一本，但是她到处都买不到，她就只好自己动手，从头至尾抄写了一本，还照着书中的图画，画上插图和封面，送给了笔友。当然，后来发生的这些事，如果不是杨洁琼今天讲给我听，我哪里会知道。

"这本诗集照亮了我的整个少年时代！"我信的，这就是书的力量、阅读的力量。让我特别欣慰和感动的是，这本小书

曾经默默地陪伴了一个小女孩的成长。30年后，小读者长大了，做了妈妈，她的女儿，已经像她当年一样大了。而且，这个早已长大的小读者，在疫情期间也成了一位勇敢、坚定的逆行者，身披战衣，日夜奋战在抗疫第一线。

她说，如果不是在火线上偶尔看到了我写的那封书信，这一生还能不能有重逢的机缘，就难说了……

一个多么温暖又神奇的书缘故事，我没有想到，竟然跟自己早年写的一本小书有关。《歌青青·草青青》里有一首诗《美丽的愿望》，杨洁琼也许还会记得。这首诗也被选进了湖北等省份的小学语文课本。我在这首小诗的结尾写道："就像在漆黑的夜里，把一盏盏灯点亮，我们在平凡的日子里，也要有一个美丽的愿望。"

我也十分认同杨洁琼在微信里发给我的两句话："书，代表着一种精神力量，它一定是超越时空的，就像黑暗里的光。这种光，即使透过缝隙，也能照射出来。"

2020年春天里，我们时常会听到一句暖心的话语："一起拼搏，人间值得。"是的，再紧的门窗也关不住善与爱的翅膀，再冷的寒风也阻挡不住花蕾和梦想的绽放。希望生活永远值得我们去更加珍惜和热爱。

壮哉我少年

———— ✳ ————

乐观地接纳面临的现实，然后用一种自强不息的心态去改变它。

亲爱的少年：

曾经有一个男孩写信问我，作为一个男生，诸多必须具备的素质当中，排在第一位的，应该是什么？

对于这个问题，我想，答案肯定是仁者见仁、智者见智的。我给予他的答复是：男孩的坚忍与担当精神，应该放在第一位上。

是的，一种顶天立地的坚忍与担当精神！

清代诗人袁枚有一联我很喜欢的诗句："两脚踢翻尘世路，一肩担尽古今愁。"中国著名画家丰子恺曾以"一肩担尽古今愁"为题目，画过好几幅漫画名作。其中一幅，画的是一个中年男子，挑着一担简易的行李，在暮色苍茫的古道上独自行走……

前路茫茫，这个看上去生活窘迫、孤独无助、风里来雨里去的男子，仍然肩挑着累人的岁月，继续往前走着，仿佛要把

那茫茫的、崎岖的世路走穿……

我年轻的少年朋友，今天，你是正在成长的男孩；明天，你就是一个男子汉大丈夫。今天，你是父母亲的儿子；将来，你还要成为爱人的丈夫、孩子的父亲。还有一些男孩，可能是弟弟妹妹们的兄长。在社会上，我们可能是同学朋友的知己，是老师的得意门生，是孩子们心目中的偶像，是为国戍边的军人，是一个工作团队或某项科研领域里的领军人物……作为一个男人，必须毅然地担起亲人、家庭、朋友、单位、国家，乃至整个世界交给你的责任，必须要有那样一种"两脚踢翻尘世路，一肩担尽古今愁"的气概与胸怀。

世界需要这等气概、这等胸怀！

中国现代革命先驱李大钊先生书写的一联诗句："铁肩担道义，妙手著文章"，至今也仍然被广泛地用于形容有志之士敢于担当重大责任，敢于匡扶正义、为国分忧的优秀品格。

是的，与"担当"二字紧密相连的，正是一种崇高又无私的家国情怀。任何一个男孩，首先应该拥有这种博大的担当精神。

一个优秀的、敢于担当的男孩，决不会只为了一己的幸福在奋斗，而应该志存高远，心中装着亲人、国家、民族，乃至全人类的责任。

说到男孩身上应该具有的默默地坚忍和担当的精神，我想到了30多年前教过的一个学生。

那年，他刚刚初中毕业就被迫辍学，因为妈妈长年生病，家里的生活十分贫困，只好失学回家帮助他爸爸干活去了。我们很想帮助他重新返回校园，可是，他年迈的爸爸已经将自己挑了大半生的修理雨伞的担子，郑重地交给了他。在多雨的江南的山山岭岭间，这个孩子成了一个小小的伞匠。小小少年挑着这副沉重的担子，风里来雨里去，踏上了他爸爸没有走完的山路。

有一年，我在一个小镇的街道边见过他一次。那时他已经有两年的修伞经验了。见到我，他显得有些羞愧。实际上，真正应该羞愧的是我们这些成年人——我们应该为自己没有保护好这个孩子，没能让他过上应该过的学生生活而感到惭愧。他告诉我说，两年来他几乎走遍了这一带的村村镇镇，这里的人们很需要他，有些人想买什么雨伞，还专门找他当参谋呢。他还说，他正在这一带做着"客户跟踪服务"。

他偶尔也会挑着修伞担子，转到偏远的母校里来，为学校的老师们免费修伞。老师们当然执意要付给他修理费。可是他也很固执地推辞了，他说："这是我这个不争气的学生对母校唯一的报答了。"他的话深深感动着我，让我觉得更加的惭愧。

我当时就想，这哪里是我们的孩子不争气呢？这是我们这些成年人，是我们这个社会，对不起这个自尊自强的孩子啊！

我从心底里感谢和敬佩这个小小少年。他对生活现实的那份真诚，那种乐观的接纳的心态，还有他对自己平凡的劳动的热爱，是我身边许多人所不具备的。生活就是这样，要紧的是敢于乐观地接纳现实，然后用一种自强不息的心态去改变它。

有一天，这个从风雨中走来的少年，一边坐在那里为我修补雨伞，一边告诉我说，他这两年，悄悄地积累了许多关于雨伞的知识，他平常也喜欢记录下一些修伞的笔记，就像在课堂上认真地做笔记一样。这当然是他爸爸这个老伞匠始料未及的。他还告诉我说，雨伞其实应该叫"阳伞"，起源于荷兰语，是"遮挡阳光"的意思。古时候无论东方和西方，伞都被视为王权的象征，专为君王遮日挡雨。现在却不论富贵贫贱，人人都能享受伞的妙处了。他还懂得，世界上最早的一把折叠伞是一个英国人发明的，而法国大文豪巴尔扎克很不喜欢雨伞，称它是"拐杖和四轮敞篷马车的混合物"……从他那里，我第一次知道了这些关于雨伞的有趣的知识。

我鼓励他说："你懂得这么多，做得这么专业，也许将来你可以写一本《雨伞的故事》或者《雨伞知识大全》呢。"他浅浅地、腼腆地一笑说："这我可从来没有想到过。"

我问他，有没有读过诗人艾青的一首写雨伞的诗？他摇了摇头。我惊讶他懂得那么多关于雨伞的知识，却独独不知道诗人对伞的赞美。我说，等下次来，我一定把那首诗抄给你。他感激地一笑，留给我的，是他挑着沉甸甸的担子远去的小小的背影。

我知道，他的面前，还有许多风雨中和阳光下的山路在等着他。我祝愿他一路平安。诗人艾青赞美雨伞的诗，最后两句是这样写的："雨天，不让大家衣服淋湿；晴天，我是大家头上的云。"这形容的是雨伞，又何尝不是这个修伞的少年呢？在这个小小的修伞匠身上，不就体现着那种属于男子汉的担当精神吗？

我们说的家国情怀，也包括了对家的热爱，对家和亲人所应该承担的责任。中华民族从来就是一个非常重视亲情的民族，向来认同血浓于水。每个中国人也十分重视家的概念。

家是什么？家是爸爸妈妈盼归的期待，家是亲人们团聚在一起的笑语喧哗。家是温暖的港湾，是温情的怀抱，哪怕它是贫寒的，哪怕它没有豪华的门楣和漂亮的客厅，没有流油的烤鹅和喷香的苹果，但它毕竟会有一团温暖的灶火，会有一个弥漫着一家人的真情的小小饭桌……有家的地方就有亲情。亲情比家更具有黏合力。所有的感情状态升华为至爱，就成了亲情。

而最终，只有爱家的人，能对自己的亲人奉献自己、担当起责任的人，才会真正地爱他人、爱祖国，肯为他人、为祖国去奉献自己、担当责任。

台湾诗人余光中写过一首诗歌《亲情伞》，写的是对童年时代的亲情的回忆与感念："最难忘记是江南，孩时的一阵大雷雨，下面是漫漫的水乡，上面是闪闪的迅电……是谁，一手抱过来护卫，一手更挺着油纸伞，负担雨势和风声……"

每一个人的记忆中，都会有一把把撑开在风雨中的"亲情伞"。如果我们能从爱亲人、敬亲戚、重亲情出发，把对亲人的爱再推及他人，"老吾老，以及人之老；幼吾幼，以及人之幼"，那就是我们对他人、对社会、对国家的担当了。

亲爱的少年，请记住，当你在风雨来临的时候，向着亲人、向着身边的人，撑开了自己的那把"亲情伞"，也就是向着世界、向着自我之外，敞开了你崇高的担当之心。

在这里，我想再讲一个敢于担当的少年的故事。

2020年春天，新冠肺炎疫情暴发后，小小的口罩很快成了国内的急需用品，特别是对那些奋战在抗疫一线的医护人员来说，每一只口罩都是宝贵的。

就在这个时候，一个15岁的少年，竟然只身一人，带着5个沉重的行李箱，从印尼背回了15000万只宝贵的口罩！这

个少年,被网友们赞誉为"千里走单骑"的"抗疫小英雄"。

这个少年名叫赵珺延,是上海市新黄浦实验学校八(2)班的学生。1月18日那天,学校已经放寒假了。珺延按照预先的计划,从上海坐上飞机,来到了在印度尼西亚雅加达居住的舅舅家。

这原本是一个美好而快乐的寒假。雅加达旖旎的热带雨林风光,还有被称为"千岛之国"的印尼各地的博物馆、美食等,珺延早早就做好了攻略。如果一切顺利的话,这将是这个15岁的少年一次美妙的春天的旅程。

可是,他来到雅加达没几天,国内新冠肺炎疫情就一天比一天严重了,不好的消息接连不断地传到了印尼。

珺延的舅舅游先生是一位旅居海外多年的爱国华侨,他和刚刚到达的外甥一起,密切地关注着国内疫情的进展,尤其在为家乡温州苍南的状况担忧。

看到国内有不少地方,不断传出口罩告急的消息,少年珺延和舅舅都感到揪心。舅舅毕竟有未雨绸缪的经验,他告诉珺延说:"不能再这么观望下去了,事不宜迟,必须赶紧行动了!"

于是,舅舅放下手上正在进行的外贸生意,组织公司员工分头出去,用最快的速度,把能买到的医用口罩都买了回来。

舅舅对珺延说:"珺延呀,你记住舅舅的话:黄昏的树影

拖得再长，也离不开树根；游子走得再远，也走不出妈妈的心。舅舅的根和心，都在中国，在浙江，这些口罩，能在祖国和家乡有难的时候，帮一下那些医务人员，也算是舅舅尽了自己的一点儿心意了！"舅舅还告诉珺延，他已经想好要把这些口罩捐给家乡的温州市苍南县人民医院。

可是，就在他们把口罩打包装好，准备往国内发货的时候，新的难题又来了：货运费用十分昂贵不说，如果没有专人前往，这些口罩通关出货的时间无法掌控，很可能短时间内到不了医务人员手上。

机场方面建议，最好有人乘坐客机，随身带回国内。这是最为简单和快捷的方式，而且还会节省一大笔货物运费。

但是此时，疫情正在中国国内各地肆虐。将心比心，这时候无论派谁前往中国，舅舅都不太好开口。舅舅的着急和为难，珺延看在眼里。

"舅舅，您不用为难了，让我来吧，我坐飞机运回国内去！"

"珺延你……一个人能行吗？"

处在一筹莫展之际的舅舅，又是惊喜，又不免有些顾虑。舅舅的心里本来就有一些愧疚。小外甥好不容易来到了印尼，可是因为这些日子一直在忙着收购口罩，他这个当舅舅的还没来得及带小外甥好好出去游玩一下呢，现在又要匆匆赶回国内

去……

"放心吧，舅舅，我都是中学生了，完全能独立行动了，您想想，我一个人，不也安全来到您身边了吗？"见舅舅还在犹豫，珺延自信满满地说道，"我现在就给我妈打电话……"

这时候，因为疫情肆虐，国内大中小学都发出了开学延期的通知。珺延的妈妈也给儿子更改了返程机票的时间，满心希望儿子在雅加达多待一段时间，等到2月10号，看看情况再回国也不迟。

妈妈接到珺延的电话，顿时也倍感担心，迟疑了半天没有说话。珺延当然懂得妈妈的心思，就特意轻松地笑着说："我已经是中学生了，是男子汉了！您平时不也总把'少年强则国强''男儿当自强'挂在嘴边吗？我是男子汉了，这个时刻，尽我所能，为国家、为家乡做一点儿事，不正是千载难逢的机会和义不容辞的责任吗？"

儿子的一番话，让妈妈无话可说了。这一瞬间，她感到，自己的儿子真的已经长大了，长成她心目中的小小男子汉了！这一刻，她甚至还感觉到，自己的儿子不仅有力量来保护自己的妈妈，还能挺身而出，有报效国家的担当之心了！

就这样，妈妈不再犹豫，同意了儿子的决定。

2月2日这天，印尼政府发布通告：自2月5日12时起，

将关闭印尼往返中国的所有航班。时间紧急,不容迟疑。关键时候,一个母亲的力量也爆发了出来。在国内的妈妈手脚麻利、分秒必争,迅速给儿子抢到了一张机票。事后她才知道,这是疫情时期从印尼飞往中国的最后一个航班。

2月3日23时,少年赵珺延一个人带着5个重重的行李箱,登上了回国的航班。15000万只医用口罩,被硬生生地塞进了5个24寸的行李箱里。

飞机载着归心似箭的少年,在第二天早晨7点抵达上海浦东机场。在机场,少年又遇到了不少困难。但是已经站在自己国家的土地上了,再多的困难他也不怕了。

过海关的时候,平时与生人打交道多少还有点儿腼腆的少年,这会儿竟然大大方方,很快请到几个热心人帮忙,他和5只箱子一起顺利出了海关。然后,他找来两辆推车,将箱子搬上了推车。一个人怎么能推动两辆推车?有办法,他先推一辆走上一段,放在自己的视线之内,再一溜小跑转回去推另一辆……500多米的距离,半个小时的一溜小跑,5只箱子终于成功被推到了机场外面。然后他又用手机联系快递公司。

仅仅过了两个小时,这批宝贵的口罩就在去往温州苍南县人民医院的路上了。

15岁,对有的孩子来说,也许还是娇滴滴、羞答答的年龄,

大事小事都总想着依赖父母、家人的呵护和照顾，但我们的赵珺延同学，却能够独自身负重任，飞越重洋，"千里走单骑"，完成了一项护送医用口罩回国的壮举。

只要是诚实的种子，总有一天能够萌芽；只要是蓓蕾，明天就会迎风绽放；只要是勇敢的翅膀，总会赢得辽阔的天空；只要是真诚的呼唤，总会找到善良的回答！

壮哉，我中国少年！骄傲地升起、灿烂地闪亮吧，像朝阳一般喷薄而出的年轻人！

少年赵珺延的壮举，再一次完美地诠释了100多年前，梁启超先生在《少年中国说》里，对我中华少年的殷切期望。

让我们重温这段掷地有声的文字："故今日之责任，不在他人，而全在我少年。少年智则国智，少年富则国富，少年强则国强，少年独立则国独立，少年自由则国自由，少年进步则国进步。少年胜于欧洲，则国胜于欧洲；少年雄于地球，则国雄于地球。红日初升，其道大光；河出伏流，一泻汪洋；潜龙腾渊，鳞爪飞扬；乳虎啸谷，百兽震惶；鹰隼试翼，风尘翕张；奇花初胎，矞矞皇皇；干将发硎，有作其芒。天戴其苍，地履其黄；纵有千古，横有八荒。前途似海，来日方长。美哉我少年中国，与天不老。壮哉我中国少年，与国无疆。"

英雄出少年

饮马瀚海
投笔从戎
闻鸡起舞
疾风劲草
同仇敌忾

饮马瀚海

*

"匈奴未灭,无以家为!"

"匈奴未灭,无以家为!"这句流传千古的豪言壮语,源自西汉时的爱国名将、少年英雄霍去病。当时,霍去病虽然年少,却久经沙场,一次次饮马瀚海,与匈奴入侵者作战,屡建奇功。汉武帝为了嘉奖霍去病,特意给他建造了一所豪华住宅,霍去病却看也没看一眼房子,当即辞谢说:"匈奴未灭,无以家为!"

2200多年前的西汉王朝,因为得力于年轻有为的汉武帝刘彻的治理,综合国力大为提高,国家处在强盛时期。但是,西北边陲的游牧民族匈奴的势力,却不容小觑。匈奴人不断侵扰,严重威胁着国家的安全和老百姓的安危。为了清除匈奴威胁,打开通往西域的通道,汉武帝先后发动三次大规模战役,最终使气焰嚣张的匈奴走向衰落和溃败。在这三次战役中,先后涌现出大将军卫青、霍去病和"飞将军"李广等战功赫赫的爱国英雄。

霍去病第一次出征沙海时，只有 18 岁。

公元前 127 年（汉武帝元朔二年），大将军卫青统率汉家大军，一鼓作气把匈奴驱逐出了河套地区。这是汉武帝对匈奴的第一次大规模战役。

然而，匈奴人贼心不死，仍然蠢蠢欲动，伺机妄为。四年后，公元前 123 年（元朔六年）春天，汉武帝对匈奴发动了第二次征战。

仍然是大将军卫青担任统帅，一同出征的名将有李广、苏建、公孙贺等。张骞因为去过西域，熟悉匈奴的地理地貌，也随军前往。在这次征战中，卫青身边还多了一位少年将军——霍去病。

霍去病是卫青的外甥，本是宫中的一位高级侍卫官，因为骑射功夫过人，汉武帝甚是看好这个少年勇士，就让他跟随卫青西出阳关，去与匈奴人一比高低。卫青任命霍去病为剽姚校尉，统领八百名精锐骑兵。

天空，是雄鹰翱翔的地方；盐池，是养骆驼的地方；吹角连营的浩瀚沙海，是英雄们策马驰骋、报效祖国的疆场。霍去病骁勇善战，率领八百骑兵驰驱数百里，直插匈奴首领所在的营帐前。

面对突如其来、穷追不舍的汉家尖兵，匈奴首领急忙调集大部队迎战。单从兵力数量看，匈奴的兵力远远超过了霍去病

的骑兵好几倍。但少年霍去病丝毫没有畏惧,迅速做出了战斗部署。

"敌众我寡,我们要速战速决,擒贼擒王,直捣单于的大本营!"随着一声号令,只见马背上的霍去病风驰电掣一般,率先冲杀进了敌营的大帐里。

刀刃闪亮,血光冲天。不一会儿工夫,匈奴骑兵一个接一个滚鞍落马,被杀得狼狈溃逃。匈奴首领单于不敢恋战,带着身边护从仓皇北窜,一直逃往西北方的沙漠深处……

就在卫青大将军为没有找到匈奴主力而感到懊丧和不甘时,只见霍去病押着一队匈奴俘虏,凯旋而归了。这一仗,霍去病的八百骑兵消灭了两千多敌兵,单于爷爷辈的一名大王、单于的叔叔、匈奴的相国(宰相),以及不少高级军官,也被俘虏了回来。

霍去病初战告捷,旗开得胜。大将军把战役经过报告给汉武帝后,汉武帝高兴地说:"剽姚校尉为国效力,杀敌有功,当立即封为冠军侯!"

公元前121年(元狩二年),汉武帝再次对匈奴发起大规模战役。这一次,霍去病已被提升为骠骑将军,统领一万名骑兵,从陇西出击,长途奔袭,开辟了西线的战场。

霍去病率领大军转战了六天六夜,所向披靡,一直打过了

焉耆山（今甘肃中部），深入到匈奴控制区1000多里的地方。在皋兰山一带，霍去病的军队与匈奴骑兵遭遇了。敌我双方短兵相接，又是一场刀光剑影的殊死厮杀……

这次战斗，不仅匈奴折兰王、卢侯王当场毙命，霍去病还生擒了匈奴部落首领、相国、都尉数人，缴获了休屠王祭天用的金铸天神像。势不可挡、所向披靡的汉朝军队，使匈奴兵闻风丧胆，能奔逃的都四处奔逃……

到了这年夏天，霍去病马不停蹄，继续率军西征。这一次，他打得更远，从北地（今甘肃东部）出发，纵深2000公里，越过了著名的居延海，穿过小月氏国，一直挺进到了积雪皑皑的祁连山下。

祁连山下的一仗，彻底打垮了匈奴的主力军队，霍去病的队伍歼敌30000多人，还俘获了包括五王、王母、单于阏氏（皇后）、王子等贵族成员，以及相国、将军、当户、都尉等120多人。匈奴人遭到了一次前所未有的重创，从此军心溃散、一蹶不振。

这年秋天，匈奴内部也出现了矛盾。不日，数万匈奴兵马浩荡东来，说是要归降汉朝。汉武帝随即派霍去病去受降。为了防备匈奴诈降，霍去病带着军队渡过黄河，在对岸安营扎寨，严阵以待。

果然，匈奴士兵一看见汉家军队的阵势，顿时哗变，各自

纷纷四散。关键时刻，霍去病审时度势，当机立断，以大无畏的勇气，策马驰入匈奴队伍中，接见了归降的首领，平息了哗变的匈奴兵，然后把40000多降汉的匈奴兵马，全数带过了黄河，送回了长安。

汉武帝以大国君王的胸怀，把归降的匈奴人妥善安置在中原汉地。这一部分匈奴人不再存有任何幻想，也渐渐适应了中原的生活习俗，与当地百姓和睦相处、取长补短，开始了民族融合与团结的新生活。从此，西汉王朝稳稳地控制住了河西走廊一带，并开拓了与西域之间的和平大道。

在霍去病的这次西征胜利之后，公元前119年（元狩四年），汉武帝又调集十万骑兵和数十万步兵，由卫青、霍去病两人统率，第三次远征瀚海，去收拾匈奴的残余势力。

这一次，霍去病率军北进，穷追猛打，一直把匈奴左贤王追到了狼居胥山深处。霍去病和汉家军饮马瀚海（今俄罗斯贝加尔湖一带）之后，随即凯旋。与此同时，大将军卫青率领的西路军也大败匈奴，杀敌两万多。残余的少数匈奴人，逃遁到了大漠深处，再也不敢觊觎汉朝国土，更不敢轻举妄动了。

西域苦匈奴久矣的历史，从此结束。在抗击匈奴、捍卫国家领土安全的战争中，少年将领霍去病六出沙海，为国家立下了赫赫战功，成为名副其实的少年英雄。

公元前117年（元狩六年），年仅23岁的霍去病不幸病逝。霍去病是汉武帝一手培养和提拔起来的少年英雄和优秀将才，"匈奴未灭，无以家为！"言犹在耳，闻知少年英雄天不假年的噩耗，汉武帝悲伤不已。

为了表达对这位少年英雄的敬佩和追念，汉武帝下令，把霍去病的坟墓修成祁连山的形状，以彰显他六次为国出征，在茫茫沙海里抗击匈奴的功勋；汉武帝还调来了铁甲军，排列成阵，沿着长安一直排列到茂陵东的霍去病墓前，以此向这位英年早逝的爱国英雄献上最大的敬意。

投笔从戎

*

班超出使鄯善国，立了大功，也积累了外交和斗争经验。

"投笔从戎"这个成语，指的是文人或读书人扔下纸笔，投身军旅生涯。这个成语故事源自东汉时期的爱国名将班超。

有一天，少年班超对每天坐在案前不停地抄书、背书的生活感到了厌烦，忍无可忍地扔下笔，站起身来感慨道："身为大丈夫，理当像卫青、霍去病那样，为国征战，饮马瀚海，封狼居胥，立功异域，怎么可以安坐窗下，老死在简牍边上呢？"和他一起读书的一班少年，听了他的感叹，纷纷嘲笑他好高骛远。班超摇摇头，叹息道："无知小儿，安能懂得一位真正的壮士的远大志向！"

班超出生在东汉时一个赫赫有名的文官之家。他的父亲是著名史学家班彪，兄长是《史记后传》的继任完成者班固，他们三人被后世合称为东汉"三班"。

本来，自从张骞"凿空"西域，加上汉武帝数次派兵征伐匈奴，

已经维护和稳定了西域的和平局面，西域各国也逐渐密切了与汉朝的友好往来关系。然而，到了西汉末年，王莽篡权之后，实施了封闭的外交政策，断绝了通往西域的交通往来；再加上东汉政权刚刚建立，无暇顾及西域的局势变化，导致本来气数已尽的匈奴死灰复燃，趁机作乱，汉朝西北边疆的国土安全和老百姓的生活，再次遭到了严重的威胁。

73年（永平十六年），汉明帝派大将军窦固率兵征伐匈奴。班超"投笔从戎"的机会来了！

班超毅然报名随军出征，得到了应许。窦固任命班超为假司马，派他攻打伊吾（今新疆哈密一带）。班超一马当先，奋勇杀敌，表现得一点儿也不像个文弱书生。结果，班超率领的一队人马大胜敌军。

窦固十分赏识班超的才干，又派他和一名文官一起，带上30多名随从，出使西域，联络西域各国一起抵抗匈奴。显然，班超这次的任务，就像张骞当年接受汉武帝的使命出使西域一样。

班超到达鄯善国（今新疆若羌附近）之后，鄯善国国王对来自汉朝的使者礼遇有加。不过，没过几天，国王的态度又突然变得十分冷淡了。这是为什么呢？

原来，当时的匈奴也在极力争取鄯善国王。班超见鄯善国

国王躲躲闪闪、犹豫不定，马上就猜想到必定是匈奴使者也来到了这里。班超叫来鄯善国的侍者一问，果然是这样。匈奴使者已经来了数日，现在就住在不远处的一个营帐里。

于是，班超召集一起前来西域的36人开会说："不入虎穴，焉得虎子。事不宜迟，我们必须尽快趁着黑夜，先下手为强！"有人赞同说："对呀，万一我们动作迟了，那鄯善国国王听命匈奴的指使，绑了我们交给匈奴人，那我们就没有活路了！"班超说："大丈夫报效国家，死不足惜！重要的是，我们身负大将军交给我们的任务，我们必须不辱使命！"

当夜，班超带领手下，神不知鬼不觉地潜到了匈奴使者帐外，先是放火鸣鼓，对方不明底细，顿时乱了方寸。说时迟，那时快，班超他们趁着对方还没醒悟过来就冲入营帐里，速战速决，在天亮之前结束了战斗。

天亮之后，班超叫人请来鄯善国国王，出示了匈奴人的首级。鄯善国国王心里惊慌，却不明就里。班超就把一夜的战斗过程讲了一遍，并力劝鄯善国国王，不要再心存幻想了，只有与汉朝交好，归顺汉室，鄯善国的百姓才能不受匈奴人的欺压，过上太平日子。

鄯善国国王认清了形势，当场表示愿意让班超把自己的儿子带到洛阳，作为归顺汉朝、缔结友好的"担保"。

班超在这"深入虎穴"的战斗中,为后世留下了"不入虎穴,焉得虎子"这个流传千古的成语。

班超出使鄯善国,立了大功,也积累了外交和斗争经验。不久,汉明帝又派他再次出使西域其他国家联络感情。于是,班超又带上36名随员,满载着丝绸、金银等礼物,西出阳关,到达了于阗国(今新疆和田县)一带。

于阗国国王喜欢巫术、占卜那一套迷信的东西。巫师在一阵装神弄鬼的"作法"之后,对于阗国国王说:"啊呀,大王!神灵已经发怒了,责问我们怎么能与汉朝往来示好!"

于阗国国王惊慌地问:"神灵还说什么没有?""说啦!那汉朝来使,骑着一匹黄黑色的马,神灵命你赶快去杀了,作为祭献!"于阗国国王听信了巫师的话,赶紧去向班超要马匹。

班超心中有数,就不动声色地问道:"不知道巫师想要哪匹马?让他亲自来取好吗?"等装神弄鬼的巫师一到,班超手起刀落,不一会儿就把巫师的脑袋提到了于阗国国王面前,并晓之以理阐明来因:"我等奉大汉天子之命,诚心诚意前来与于阗国国王亲善通好,不料你们竟用装神弄鬼这一套把戏,来戏弄和敷衍汉朝派来的使者!"

于阗国国王对班超在鄯善国的无畏壮举也早有耳闻,想到自己竟然不知好歹,听信巫师的胡言乱语,不仅无礼,而且无知,

不禁面红耳赤，连忙向班超一行人赔礼道歉，并连夜杀掉了匈奴派来的使臣，一心一意与汉朝通好了。

此后，班超以鄯善、于阗两国为根据地，先后又联络了疏勒、乌孙、康居、车师、拘弥等国，使这些小国一一认识到了汉朝强大的国威与和平通好的意愿。

87年（章和元年），不甘心失败的匈奴，又纠集了龟兹、焉耆等国，悍然发兵围攻汉朝军队。黄沙漫漫，血雨腥风。班超无所畏惧，率领汉家军在远离国土的塞外，孤军迎敌。

当时，班超联合了已经归顺汉朝的于阗等国的力量，与兵力数量超过自己一倍多的龟兹等国联军，展开了殊死的较量。班超智勇双全，善用巧计。他把小股人马假装成两路退兵，还故意把抓到的龟兹国俘虏放跑了。

俘虏跑回去通报了前方的消息。龟兹国国王不知是计，竟然也兵分两路去拦截汉朝军队的退路。结果，他们中了班超设下的圈套，5000多龟兹人马，被班超他们追赶得溃不成军，一时间作鸟兽散。

至此，汉朝军队所向无敌，威震西域。第二年，龟兹国也乖乖地投降了。

班超为国家守卫西北边疆，长期担任西域都护，在西域生活和征战了31年，使西域50多个小国皆归顺了汉朝。直到他

69岁时，再也打不动仗了，才上书请求汉和帝，准许他卸任回到中原。这位老英雄在信中诚恳地写道："臣不敢望到酒泉郡，但愿生入玉门关。"100年（永元十二年），班超的妹妹班昭也上书汉和帝，为哥哥请求卸任还乡。汉和帝受到感动，召回了年老的班超。

班超回到洛阳不久，就因病与世长辞。他的儿子班勇，也是一位少年英雄，继承了父亲的遗志，踏着先辈的足迹，继续征战西域，平定了后来背叛汉朝的车师等六国。

闻鸡起舞

---------- ✽ ----------

祖逖此举,为后人留下了一个壮怀激烈、气贯长虹的成语典故……

"闻鸡起舞"是一个励志的成语,意思是说,天还未亮时分,只要听到雄鸡的啼鸣,就要起来舞剑。人们用这个成语来比喻有志者珍惜时光、奋发图强。这个成语的典故,出自《晋书·祖逖传》。

祖逖年轻时就胸怀远大的抱负,每次和伙伴刘琨纵谈国家大事和个人志向时,总是慷慨激昂,激情满怀。当时,他隐隐预感到,中华大地即将面临"四海鼎沸,豪杰并起"的动乱局面,所以他心怀忧患,时常夜不能寐,仿佛时刻都在准备着,一旦边关有事,就要听从国家的召唤,随时准备奔赴前线。

正因为有这种枕戈待旦的心理准备,所以祖逖常常在午夜时分,只要一听到荒村鸡鸣的声音,就赶紧叫醒好友刘琨,一起练剑习武,强身健体,随时准备报效国家。

祖逖的预感并非杞人忧天。他的青少年时代正是在国家动

荡不安的环境中度过的。西晋末年，王朝宗室的八个藩王为了争夺权位，相互残杀，祸国殃民，史称"八王之乱"。这时候，匈奴、羯族等北方少数民族乘机起兵，进犯中原地区。一时间，辽阔的中原地区朔风铁骑、刀光剑影，中原大地陷入支离破碎、民不聊生的混乱时期。

面对国破家亡、山河破碎的现实惨状，从小就有强烈的爱国情怀和担当勇气的祖逖，给自己立下了一番誓言，宁愿战死疆场，也要为国解难，干出一番大事业。

当时，软弱胆小的西晋王室成员，被匈奴等胡人的铁骑驱赶得四处躲藏。其中，琅琊王司马睿这一支躲到了建康（今江苏南京）。313年（建兴元年），祖逖来到江南，数次面见司马睿，力陈北伐中原的大计，希望司马睿派他出征北伐，洗雪国耻。

可是，此时的司马睿刚刚在江南立足，只想苟安一方，哪里管得了中原百姓的死活，所以半点儿收复失地、恢复中原的信心也没有。不过，伐北雪耻，已是民心所向、大势所趋。司马睿无颜拒绝祖逖为国出征的要求，就勉强答应了下来，并封他为奋威将军。不过，司马睿只给了祖逖1000人的粮饷和少量的军需布匹，同时让祖逖自己去招兵买马。

这年8月，年轻的祖逖整编了随同自己从北方赶来的亲族乡友，组成了一支激情慷慨的义勇军队伍，横渡长江，踏上了

北伐的征程。当船只行驶到了长江江心时,面对滔滔东去的大江,想到自己报效祖国的夙愿终于可以实现了,祖逖不由得一阵激动!

他站在船头,面对苍天,用木桨猛地往船舷上一击,立下誓言说:"我,祖逖,今生如果不能扫清中原之敌,就如这大江东去,将永不回流!"

祖逖此举,为后人留下了一个壮怀激烈、气贯长虹的成语典故:"中流击楫"。

316年,西晋王朝灭亡。北方的形势变得更加复杂了。当时,匈奴贵族的骑兵盘踞在关中一带,羯族的石勒占据着河北一带,而在黄河南北两岸,还有一些汉族的豪强,各据一方,互不相让。

为了壮大北伐的力量,祖逖以中华民族利益为重,晓以大义,耐心说服了各自为政的汉族豪强,希望他们摒弃前嫌、共赴国难。不久,就有两个敌对的坞堡主握手言和,表示愿意接受祖逖的改编,共同抵御外侮。有了这些豪强的加入,祖逖北伐行动取得了第一步的胜利。

有一次作战时,一个坞堡主派出一名部下,带兵前来协助祖逖。这一仗打胜之后,缴获的战利品中有一匹高头骏马,那个坞堡主的部下很喜欢,却又不便开口索要。这个人在这次作战中身先士卒、勇猛顽强,祖逖看在眼里,就毫不犹豫地把这

匹战马送给了他。这个部下对祖逖感激涕零，逢人就说："他日倘若能在祖将军麾下效力，虽死而无憾！"

这样，祖逖在北伐途中和每次战役之后，声望越来越高，前来投诚和入伍的义士越来越多，北伐的队伍很快得到了壮大。经过了数年艰苦卓绝的征战，祖逖陆续收复了黄河以南的领土。

祖逖深得中原人民的爱戴、闻名遐迩的消息，也传到了刚刚建立起来的东晋王朝政权首脑司马睿的耳边。司马睿担心祖逖的影响力过分强大了，恐怕不好控制，若是祖逖威震四方，他这个偏安一隅的皇帝的脸面，该放在哪里呢？

所以，正当祖逖秣马厉兵，准备乘胜前进，继续进军河北，收复黄河以北的国土，完成统一中原的大业之时，软弱无能的司马睿却心怀叵测，竟然派了一个更为无能的亲信戴渊来充当都督，统管北方六州的军事事务。他真实的目的就是要剥夺祖逖的军权，遏制祖逖的力量。

祖逖一直在北方为国征战，哪里会想到，自己竟然还会遭此怀疑与暗算！天理如此不公，祖逖心里块垒顿生。不久，祖逖又听说，东晋朝廷内部钩心斗角、争权夺利的势头愈演愈烈，随时都有爆发内乱的危险，而内乱一旦发生，也必然会使北伐"大功不遂"……

想到这些，祖逖心急如焚，加上多年鞍马劳顿积劳成疾，

终于一病不起。在病中，祖逖仍然念念不忘前方的安危，日夜牵挂着黄河沿岸的防务，又亲自部署了一些重要工事的修筑，以防敌人发起突然袭扰。

321年（大兴四年）9月，一个北斗当空的秋夜，祖逖拖着气息奄奄的病体，艰难地走到营帐外面，仰望着北方天际闪烁的星空，想到自己收复中原的未竟大业，心有不甘地长叹道：天不假年予祖逖，我在所不惜；可是，天不佑国，我祖逖死不瞑目啊！

这一年，一代爱国名将和征战英雄祖逖，壮志未酬身先亡，在黄河岸边含恨长眠了。这一年，祖逖56岁。

祖逖留下的"闻鸡起舞""中流击楫"的成语故事，还有他奋斗终生的英雄气概，已经融入了中华民族虽饱受挫折却自强不息、不断浴火重生的伟大的民族精神。

疾风劲草

———— ✳ ————

金色的种子，播撒在少年夏完淳的心田里。

　　我国现代诗人、作家郭沫若创作的话剧名作《南冠草》，写的是明末少年英雄和少年诗人夏完淳的故事。剧作家在作品"尾声"里，借夏完淳的姐姐夏淑吉之口赞颂说："我坚决地相信，敌人能够断送的只是端哥的身体，不是端哥的精神。端哥的精神是永远创垂青史、万世不朽的！"

　　"端哥"是夏完淳的乳名。夏完淳出生于1631年（明崇祯四年），是松江府华亭县（今上海市松江区）人。他的父亲夏允彝是江南的一位名士，他的老师陈子龙是一位学识渊博的著名文人。夏完淳的母亲和妹妹也都会写诗，姐姐淑吉更是出色的女诗人。生长在这样的书香人家里，夏完淳五六岁时就读完了"五经"，7岁已能吟诗作文，9岁时就写出了一本名为《代乳集》的诗集。他因此被人们称作"神童"。

　　自夏完淳童年时代起，父亲每次出外游历，总是把他带在

身边,让他阅历山川,接受仁人志士们讲究节操、以国家为己任的家国情怀的熏陶。

明朝末年,统治者政权不稳,社会动荡,官场上弥漫着一片昏庸腐败的风气。夏完淳的父亲,还有他的老师陈子龙等文人和清流名士,在家乡松江组织了一个讨论时事、切磋学问的社团,取名"几社"。每次,父亲和前辈们在一起高谈阔论、抨击时弊的时候,少年夏完淳就会饶有兴趣地在一旁用心聆听。志存高远的爱国抱负,匡扶社会正义的心愿,就像金色的种子,播撒在少年夏完淳的心田里。

1645年(南明弘光元年),清兵南下。15岁的夏完淳自称"江左少年",跟随父亲和老师一道,在家乡松江举行了起义,抗击清兵入侵江南。

不幸的是,起义失败。夏完淳的父亲忍受不了明朝江山的衰落,更不愿意在清政府的统治下做"亡国奴",含恨投水殉国了。父亲临终前留下这样一首绝命诗作为遗言:"人谁无死,不泯者心。修身俟命,敬励后人。"

父亲的死,更加激起了少年夏完淳抗清救国的意志和信念。他擦干眼泪,继续追随恩师陈子龙,与太湖那边的义军取得了联系,加入了太湖义军抗清救国的队伍。

1646年(顺治三年)春天,他和老师还有岳父钱柳秘密地

潜回松江，决心抗清到底，誓与明朝江山共存亡。遵照父亲的遗嘱，夏完淳变卖了家产，捐献出来作军饷。他在太湖义军担任参谋。

当时，这支太湖义军在太湖周边神出鬼没，保家卫国，深得江南百姓拥戴。起义军先后攻破了吴江，收复了海盐，被清兵视为眼中钉、肉中刺。随着南下的清兵势力越来越大，太湖义军的活动范围一天天缩小。最后，因为奸细出卖，义军首脑机关遭到清兵袭击。接着，苏南、浙西一带的所有抗清武装，都被打散了。

夏完淳只好逃离了家乡，先是跑到湖南去寻找残余的抗清力量，一度还产生了西去四川招兵买马、等待时机重新出山的念头。不过，这些想法最终都付诸东流。他在一篇《大哀赋》里，这样记录了自己失望和忧愤的心情："国亡家破，军败身全，……招魂而湘江有泪，从军而蜀国无弦。"

1647年（顺治四年）春，夏完淳再次潜回松江家乡，与正在舟山一带重整旗鼓的明朝军队旧部黄斌卿取得联系。夏完淳心中复仇的火焰再次熊熊燃烧起来。他秘密联合了顾咸正、刘曙等数十位豪杰志士，联合署名写了一篇向清廷宣战的檄文，准备再举义旗。

因为夏完淳文采斐然，大家就推举夏完淳执笔起草这篇檄

文。不料这篇檄文在派人往下传达的时候,被清兵搜得。起义的事情暴露了,清兵根据上面的名单,先是抓到了夏完淳的老师陈子龙。陈子龙不忍受辱,在押往南京、途经跨塘桥时,趁人不备,壮烈地投河殉身了。

江苏巡抚照着名单在苏州、松江等地四处搜捕图谋起义的参与者。夏完淳也不幸被捕。在他被逮捕的那一刻,他镇定自若,大义凛然地说了一句:"我夏完淳岂是胆小怕事之人,要押我去往哪里?走吧!"说着,头也不回地走出了家门。

在被押送的路上,望着破碎的家乡河山,想到父辈和自己空怀一腔爱国热情,却报国无门、救国无路,尤其想到父亲和老师的壮烈自殉,不由得心潮翻腾,随口吟咏道:"我欲归来振羽翼,谁知一举入罗戈!"

夏完淳被押送到了南京。当时的大卖国贼、南方总督军务大学士洪承畴亲自提审了他。洪承畴假仁假义地说:"你这个毛头小孩,尚在读书的年龄,哪里懂得造反事理?我念你年幼无知,想必是误受了谋反者的蛊惑蒙骗,尚可宽恕。只要你归顺大清,我洪某自会保你前程无量……"

夏完淳一眼就认出了这个卖国贼,假装不认识,故意高声回道:"我是大明的子民、大明的忠臣,没有受到任何人的蛊惑和蒙骗!我倒是常听人说起,我朝'忠臣'洪亨九(洪承畴字亨九）大人在关外与清军血战而亡，名传天下。我虽年少，但是理应效仿抗清先贤，舍身报国！"

洪承畴听了此话，顿时满脸羞红。陪审者告诉夏完淳："本堂正是洪大人。"夏完淳手指洪承畴的鼻子，厉声说道："胡说八道！洪大人早已为国舍身，天下人谁不知晓？你这个厚颜无耻、道貌岸然的狗官，竟然敢冒他的大名来戏弄我！真是恬不知耻！"夏完淳佯装不知，堂上"骂贼"，骂得痛快淋漓，使得老贼洪承畴在这位少年英雄面前，脸红一阵青一阵，羞愧难当！

夏完淳被关在牢狱里80多天。他虽然戴着脚镣手铐，却铁骨铮铮、正气凛然。他在《狱中上母书》里写道："人生孰无死？贵得死所耳。……恶梦十七年，报仇在来世。神游天地间，可以无愧矣。"

他在被押送的途中和身陷囹圄的日子里，共写了15首诗。这些诗歌是血泪和义愤之作，抒发了这位少年英雄炽热的爱国之情，也表达了自己对反清救国、不惜祭献出生命的父辈们和尚且存活着的爱国豪杰的怀念与期望。

在《别云间》一首里，他这样写道："三年羁旅客，今日又南冠。无限河山泪，谁言天地宽。已知泉路近，欲别故乡难。毅魂归来日，灵旗空际看。"

  1647年9月19日，夏完淳、钱栴、顾咸正、刘曙等人被绑赴南京西市刑场。夏完淳视死如归，始终不肯向卖国者和行刑者跪下，一直昂首挺立着，把一腔热血抛洒在残阳之下的土地上。

  夏完淳就义时，只有17岁。"英雄生死路，却似壮游时。"夏完淳自幼善诗赋，传世作品有《南冠草》《夏完淳集》。

同仇敌忾

———— ✳ ————

青年勇士们的鲜血，染红了家园里的土地、小草和野花。

1859年（咸丰九年）8月21日，英法联军进攻我国天津大沽口北岸的炮台，直隶提督东善率领众将士誓死守护炮台，从黎明时分一直打到当晚10时半，东善和全部守军终于抵挡不住联军的炮火，炮台失守，东善和全部守军壮烈殉国。8月24日，英法联军进占了天津。

这时候，软弱无能的清政府急忙派出桂良和原在天津的恒福为钦差大臣，到天津向英法侵略者求和。

英法侵略者狂妄地提出了一系列无理要求：清政府除了必须无条件地全盘接受1858年签订的丧权辱国的《天津条约》，还要增开天津为通商口岸，供侵略者的船只自由进出；继续增加赔款；允许外国公使带兵进入北京换约，并且可以常驻北京。

当桂良和恒福表示，继续增加赔款和带兵进京万万不可接受时，骄横的英法侵略者立刻宣布议和谈判破裂。

9月上旬，英法联军趾高气扬地向通州开拔，沿途300多里，竟然毫无阻挡。野蛮的侵略者经过了几百个村庄，一路奸淫掳掠，无恶不作。10月5日，侵略者已经逼近北京城。因为北京城墙高大坚固，城内还有好几万名清兵，侵略者一时无法攻入城内。

这时候，侵略者竟厚颜无耻地提出，要占领北京的一个城门，作为与清政府继续谈判的条件。

此时，咸丰皇帝等已经逃出城外，只留下他的弟弟恭亲王奕䜣作为钦差大臣，继续与英法侵略者谈判周旋。哪里想到，奕䜣刚听到联军已经兵临城下的时候，也逃出城外，躲到长辛店去了。

结果，留在城里的一些胆小无能的王公大臣，竟然一口答应了侵略者的无耻要求。不久，英法联军一弹未发就占领了安定门，控制了北京。

但是，北京郊区的老百姓们却咽不下这口窝囊气，他们纷纷自发地组织起来，拿起武器，加入了抗击侵略者、保卫家园的行列。

在北京西郊，距离圆明园10里路的地方，有个村子叫谢庄，村子里住的大都是以打猎为生的人家。村中有个山东人，名叫冯三保，精通武术，善于搏击，而且一身的爱国正气。

他的女儿冯婉贞，19岁，容貌清秀，从小爱好武术，棍棒

刀剑凡是学过的，没有不精通的，所以拥有一身好武艺。

这一年，谢庄的村民为了自卫，办起了"团练"。因为冯三保既英勇又精通武艺，听示大家便推举他当了领头的。女儿婉贞也当仁不让，跟着父亲和乡亲们加入了战斗的行列。

他们在路口通道的要害地段用石头修筑了一些寨堡，还竖立起一面大旗，上面写上"谢庄团练冯"五个大字。

有一天中午，村里负责瞭望的人报告说：有侵略者的骑兵过来了。不一会儿，村民们果然看见，有一个洋鬼子的头头，带领着上百个头上缠着帕子的印度兵，气焰嚣张地向村子这边奔过来。这个洋鬼子头头是个英国军官。

冯三保叫民兵们装好火药，上好子弹，先不要乱放枪。他叮嘱大家说："来者不善！洋鬼子们手上有洋枪，假使我们没有把握打中就轻易发射，只会白白浪费弹药，对我们没好处，要千万当心，等洋鬼子们走近了再一齐开火！"

当时，侵略者逼近了寨堡，已经枪声乱响了。但是，潜伏在寨堡里面的民兵们一动也不动。

一会儿工夫，侵略者走得更近了，冯三保觉得时机到了，便挥动旗号，大声喊道："开火！"民兵们的枪炮齐发，侵略者一个个应声坠下马来。

等到侵略者开枪还击的时候，寨堡中的人又凭借着石墙，

迅速潜伏不动了。就这样，你来我往地打了一阵之后，侵略者败退了。

冯三保以为侵略者已经被吓跑了，高兴地说："看来，这些洋鬼子也是胆小如鼠的嘛！"

冯婉贞却满心忧虑地说道："不可这样轻敌！小股的洋鬼子败退了，接着可能会有大批的洋鬼子扑过来的。假使他们把洋炮架过来，咱们村子恐怕就要给轰得片瓦不留了！"

冯三保一听，大吃一惊："说的也是！有什么好办法对付他们吗？"

冯婉贞说："洋鬼子的长处是善用火炮，短处是不懂得武术。火炮当然有利于远距离轰击，刀剑刺杀，只适合面对面地肉搏。咱们村子方圆十几里尽是平原，如果只和洋鬼子们拼枪炮，那怎么能赢得了呢？依我看，不如用咱们的长处去对付他们的短处！"

"有道理，有道理啊！婉贞，你赶紧给大伙儿详细说说。"

"咱们拿起刀剑钩叉，挟上盾牌，像猿猴那样轻捷前进，像老雕一般猛冲到他们身边去近身搏斗，或许能避免更大的灾难！"

冯三保说："可是，咱们村子里所有精通武艺的人都集合起来，也不过百来号人，拿这么一点点人数，投到洋鬼子的大

队里面,跟他们搏斗,这和把一只羊抛进狼群里有什么两样?"

冯婉贞说:"不这样做,那咱们整个村子都保不住了!咱们一定得尽最大的力量来保卫村子!村庄是我们老老少少的根,是我们世代生活的家园!"

于是,冯婉贞召集起谢庄所有精通武艺的青年,对他们说道:"咱们与其坐着等死,不如起来奋力反抗,保卫家乡。你们如果没有这个意愿、这点儿血性也就罢了,要是有这个意愿和血性,就请大家听我的指挥!"青年们个个摩拳擦掌,紧紧地站在了冯婉贞身边。

就这样,冯婉贞把村里的青壮年组织起来,个个手上握着得力的武器,然后她率领着他们,如狂风卷草一般,向着侵略者所在的方向冲去。只见一个个年轻人都是一身短打黑衣的装束,刀剑闪着复仇的寒光……

在离谢庄4里远的一座树林子里,他们悄悄地潜伏了下来。浓密的树荫遮蔽了阳光,树林里安静得好像只能听见虫子的鸣叫。

不一会儿,侵略者果然推来了许多火炮,就在他们刚刚架起火炮,准备摧毁整个村庄的时候,冯婉贞两眼冒火,抽出短刀,跳起身来,率领着大家冲杀了过去。

侵略者怎么也没有料到树林里会有埋伏。他们一个个惊慌失措,来不及扳动枪栓,也来不及装上炮弹,只好匆促地用枪

上的刺刀来勉强招架。近身肉搏,正是冯婉贞和谢庄练武青年们的强项。好一场短兵相接,杀得侵略者一个个抱头鼠窜!

侵略者抵挡了一阵后,便纷纷败退了。

这时候,冯婉贞大声说道:"各位勇士,不要上了洋鬼子的当!他们是想退远一些,离开咱们,再用枪炮来对付咱们,所以,咱们赶快追上去,紧贴着他们,千万别放跑了他们!"于是,青年们一个个有如猛虎出山,奋勇向前,紧紧咬住了侵略者,敌我双方又是一场近身搏斗……

整个战斗打下来,侵略者始终没有找到机会发挥他们长枪大炮的作用。最后,英法侵略者丢下了100多具尸体,剩下的残兵再也不敢恋战,只好仓皇逃窜了。

傍晚时分,残阳如血。青年勇士们的鲜血,染红了家园里的土地、小草和野花。少年英雄冯婉贞和谢庄的青年勇士们,为抗击外侮、保卫家园,为捍卫中华民族的生命与尊严,在中国近代历史上谱写了一曲可歌可泣的壮歌。